U0533762

编者注

本书行文光怪陆离,叙事曲折幽隐,为了忠实还原作品风格,中文版保留土耳其原文超乎常规的内文格式,如段中串行表述、句末未加标点、句首顶格书写,以及元素周期表一样的版式结构等,敬请读者知悉。

The Garden of the Departed Cats

Göçmüş Kediler Bahçesi
离世猫的花园

Bilge Karasu

[土耳其] 比尔盖·卡拉素 著
沈志兴 译

重庆出版集团 重庆出版社

Göçmüş Kediler Bahçesi by Bilge Karasu
Copyright © Metis Yaymlan, 1991
All rights reserved including the rights of reproduction in whole or in part in any form.
Simplified Chinese edition copyright © 2023 BEIJING ALPHA BOOKS CO.,INC.

版贸核渝字2021第25号

图书在版编目（CIP）数据

离世猫的花园 /（土）比尔盖·卡拉素著；沈志兴译.
-- 重庆：重庆出版社，2023.6
 ISBN 978-7-229-17222-0

Ⅰ.①离… Ⅱ.①比… ②沈… Ⅲ.①长篇小说－土耳其－现代 Ⅳ.①I374.45

中国版本图书馆CIP数据核字（2022）第198441号

离世猫的花园
LISHI MAO DE HUAYUAN

[土耳其]比尔盖·卡拉素 著　沈志兴 译

策　　划：	华章同人
出版监制：	徐宪江　秦　琥
责任编辑：	彭圆琦
特约编辑：	史青苗
营销编辑：	孟　阔
责任校对：	王昌凤
责任印制：	白　珂
书籍设计：	潘振宇　774038217@qq.com
封面插画：	潘若霆

重庆出版集团 重庆出版社　出版
（重庆市南岸区南滨路162号1幢）
北京盛通印刷股份有限公司　印刷
重庆出版集团图书发行公司　发行
邮购电话：010-85869375

重庆出版社天猫旗舰店
cqcbs.tmall.com

全国新华书店经销
开本：850mm×1168mm　1/32　印张：9.5　字数：192千
2023年6月第1版　2023年6月第1次印刷
定价：78.00元

如有印装问题，请致电023-61520678
版权所有　侵权必究

"

最 有 道 理 的

童 话 故 事

是 我 们 莫 名 害 怕 的 那 些[1]。

"

---

[1] 塔拉特·萨尔特·哈尔曼（T. S. Halman），《全神贯注》，第13页"童话故事的结局"。

içindekiler
目录

1

008 离世猫的花园

第一个童话 从猎物口中拿回手的人 014

2

032 离世猫的花园

第二个童话 连着几个晚上都错过车的人 036

3

052 离世猫的花园

第三个童话 一个中世纪托钵僧 056

4

066 离世猫的花园

第四个童话 对无畏的刺猬的讴歌 070

附 对螃蟹的讴歌 090

5

102 离世猫的花园

第五个童话 雨城中期盼太阳的人 106

6

112 离世猫的花园

第六个小时的童话 走在狭长通道里的人 120

134 离世猫的花园 **7**

第七个童话 "师傅，快杀了我吧！" 140

160 离世猫的花园 **8**

第八个童话 我们的大海 164

170 离世猫的花园 **9**

第九个童话 别弄疼我 174

206 离世猫的花园 **10**

第十个童话 红蛛螈 214

250 离世猫的花园 **11**

第十一个童话故事 另一座山顶 254

276 离世猫的花园 **12**

午夜的童话故事 童话故事撕裂的地方 280

302 离世猫的花园 **13**

1

致
埃尼斯

在你的手之间,
这些是泄漏的生命。[1]

一天傍晚,我抵达了位于地中海上窄窄的陆地中央的这座中世纪城市。城市所在区域从一头到另一头三百公里都不到,四十天来,我从南到北、从东到西地来往于这一地区。我曾经游览过大大小小近二十座城市,这些城市至今仍承载着充满荣耀的回忆,因为它们好几百年前就已经是独立的城邦国家了。其中大多数都是建立在溪谷、建立在水边的城市,也有建立在陡峭山顶的,还有的城市街道落满了海风吹来的盐……

大多数城市我就逛个一两天,晚上坐一两个小时的火车前往另一座城市。每过一天就感受到更多旅途的劳累,但另一方面我也变着花样地开发各种新的方法,来消除这种疲劳,在短时间内重新获取力

---

[1] 普鲁斯特,《女囚》。

量,这种力量使得我哪怕时间再晚也要去吃饭,之后要是有兴致也会去看场电影。

虽然早已进入秋天,但除了树叶的"哗哗"声随着风显得更清晰外,树上没有什么其他的变化;就连果树也看不到任何发黄、干枯、凋落的现象。密密的松树在到处都是白杨的这个地方却也别具规模。

我来到这因传自中世纪而极具荣耀的陆上城市的时候,太阳还没下山。城市铺洒在一面山坡上;我第二天要去游览的主教堂就坐落在这山顶上。第一眼看到的时候我不知道该说这一建筑是"在升高"呢,还是该说它"在伸展开来"。

在山坡的中间地带,我住进了一家仿古驿站的酒店。初时水管里的水是温的,我开始洗澡;不一会儿就凉了,但我还是颇有兴致地用水冲了一遍又一遍。之后就躺下了。不到一个小时,我却感觉像是休息了好长时间似的浑身是劲儿,于是从床上爬了起来,准备去吃饭。

饭馆里除了我之外还有三个人,分别坐在三张桌子上。其中两人面向我,一人背对着我。等着上菜的时候,我没去管面对着我的那两人,一边等着第三个人把脸转向我这边,一边在便签本上尝试着写一些句子,为正在慢慢开始成型的文章作导入。

一顿饭我吃了一个半小时,既是因为服务员和厨师手脚不太麻利,也是因为我没有着急的必要。电影院就在三米半宽的主街道的路对面，饭馆的大门和电影院的大门之间至多七步的距离。电影九点开始。这里相当有名的甜品店就在离电影院六七步远的上方，我打算去那儿买点中世纪遗留下来的那种糕点，这种糕点一半像哈尔瓦糕，一半像美味糕。

在这一个半小时里，面对着我的两个人起身走了，又来了三个人。他们离开后我也叫了人来结账。

但我还是没有看到背对着我的那人的脸。他也像是在写什么，也许是信，也许是文章。而我，也把写有要誊抄到草稿本上的八句句子的几页纸从便签本上撕下来放进了兜里，脑子里一个劲儿地想着，要是我在剩下的最后那张纸上无聊地写上"离世花园里的夏日恋情"这几个字，把这张纸放在桌上的话，服务员会不会绞尽脑汁去解读这用看不懂的语言所写就的这几个字，而后"先生！先生"地喊着追上来。最终我把那张纸连同便签本的封皮和撕剩下的部分团成一团放进了托盘。

我们两人同时站了起来，这时才看到了对方，我的脑袋嗡嗡作响。他从我面前走了过去，我们之间相隔十步，径直走向了甜品店，而后是电影院。出电影院的时候我没看到他。我们在酒店门口遇见时说着"您请/还是您请"之类的话谦让了一会儿。在一楼楼梯平台处，当我拐向我的房间的时候，他稍停了一下，而后从我后面走了过来，打开我房间对面的门走了进去。

> "我 是 一 片 海 ,
>
> 充　　　　　　　　　　　　　满
>
> 令 人 陷 落 的 爱 情 [1] 。"

[1] M．C．安黛,《流浪海的海上》,"毒蘑菇"。

第一个童话

从猎物口中拿回手的人

献给

阿恰尔一家

我在想,我的童话故事应该发生在什么样的日子里呢?是阳光明媚、温暖如春、散发着初夏气息的一个冬日呢,还是四天后即将到来的暴风雪肆虐、吹积成的雪足有两三拃厚的冬日?我举棋不定……

我在想的还有另外一个问题:

从象征意义上来说也好,从实际意义上来说也好,爱,除了饭菜并不意味着其他……

要么大海在阳光下平静如镜,要么介于铅灰色和橄榄色之间的海面上波涛汹涌,翻滚的波涛在雪雾中时隐时现,最后渐渐消失。雪雾之下,整个白天都阴沉沉的,犹如傍晚时分。

首先因为有大海,海面上搭载着渔夫,海里面搭载着金枪石斑鱼。大海看上去就像是有着无数只手,把金枪石斑鱼和渔夫肆意地拖拽向任何地方,一个一个地牵引着,看起来像是有时亲抚着这一个,有时亲抚着另一个。

其次是有金枪石斑鱼——这是大海与渔夫之间的桥梁——它至多把渔夫当作敌人。它并不知道这搭载着它和渔夫的大海要利用它。鱼。天气晴朗的话,它会不顾自己幼小,让渔夫费力流汗;下雪的话,它会带着错漏进耳朵的雪水,晕头晕脑地冲向水面。

最后则是有渔夫。他只知大海上的杀戮以及对大海的掠夺而不知其他;他顶多是个要在鱼身上认知到爱的人类……

我们假设就从阳光明媚的天气说起。(在此,我们可能考虑了很多读者的喜好……)

比如说,我们可以这样讲:渔夫出海以后,纯净的海水在陆岸和海岛之间几乎是在静静地流淌……大海在大多数时候都会保护庇佑着渔夫,而渔夫是靠他自己的运气而不是大海才知道什么时候可以出海,常常把这一切归功于自己是个老渔夫而自鸣得意。大海知道人类对于有些无法理解的事物所展现出来的倔强,知道在它看来的愚蠢行为却被人看作几乎是聪明举动。知道的人往往都不会说出来。

就当是这么一回事儿吧……我们再假设之后的事情是这样的:

大海爱这个渔夫,这是一种人们一直以来都错误地认为是"绝望之恋"的爱。而由于人们无法理解像大海这么巨大无比的爱,渔夫常常做的就是他唯一能做的事情:直面大海,把大海看作是他的谋生之地(当某天来临的时候则是葬身之地),仅此而已。有些事情对于置身事外的人来说是显而易见的。大家都试图给当事者出谋划策、指点迷津,看着当事者做出愚蠢举动都会感到遗憾,但他们忘记了一点:当事者不是在局外看待事情,而是在局内……

而且难道我们不知道吗?有无数的人,他们无法想象恋人可能会因爱的名义被谋害,所以千万不要让他们听到发生了这样的事,不然他们会不停地咒骂;但有一天,这些人也可能会因为爱而谋杀。骨子里一旦流淌着这种想法,有的时候就会实施。此时又轮到别人来咒骂……

现在我们来设想一下,在陆岸与对面的小岛之间缓缓流淌的大海,拖拽着渔夫,把他带到因贪吃而迷了路的小金枪石斑鱼游荡的地方。金枪石斑鱼轻松地吞下下好的鱼钩,吊在钩上拼命挣扎,让渔夫累得满头大汗,一会儿之后金枪石斑鱼被征服,被弄上船的时候把渔夫的胳膊[1]

渔夫,为了把金枪石斑鱼——这种鱼一点儿都不像迄今为止所见过的、所抓捕过的鱼,他根本就不认识——弄到手费了很大劲,累得要死……而后发生的事情,从某种程度上来说,可以算是对他的这种劳动、这种努力的回报……

---

[1] 此处句末未加标点,为作者行文特色,非排版错误,文中诸如此类情况不一一注明,请读者知悉。

如果我们把所有这一切安排在暴风雪肆虐的一天，大海就会让人和鱼都更加疲累。人总是喜欢在困难当中得到某样东西，他相信与困难作斗争后得到的东西是他通过手腕的力量获得的，是他通过动脑子才得到的。还有的人想法更细腻：他们不喜欢轻易获得某样东西，但由于他们不喜欢被人看上去像是在追求他们所追求的，追求他们所想要的，因此即使面对最艰难的局面，他们也会立刻做出一副无所谓的样子，等待着猎物——他们认为的猎物，他们所追求的——停下来，放弃逃跑，向他们靠拢。这时候他们所感到的乐趣才会更大。千万别说猎物会这么傻吗？很多都是这样的。

大海，会给自己选择一种介于铅灰色和橄榄色之间的颜色，会在时而狂暴时而静谧的雪中波涛汹涌。几个小时之后，杀戮就会开始。陆岸和被拖拽上岸的小船慢慢地都会被雪覆盖，越来越冷的表层水也会找到沟沟岔岔的河道，渗透进鱼群躲藏的地方。慢慢冻僵的鱼，会失去自我，而后半死不活地向水面上浮，抵达水面后就会翻起肚皮，随着水流漂动。之后被冲上岸的这些鱼，将填满那些即使嘴上说喜欢挑战但从不错过轻易获得猎物的人的抄网、提桶……

●

马一跃而起，奔向前方。老鹰、长矛、铁锤留在了后面。男人，继狍子（豹子、山羊）之后飞奔向了岩石林。

●

杀戮还离得远，还有几个小时。金枪石斑鱼——既不是金枪鱼，也不是石斑鱼；渔夫每次投下鱼钩就希望它来，但迄今为止一次都没上钩，这种他根本不知道的，一辈子都没见过、也没听说过的鱼——至多是一种迷了路的，年轻、幼稚、不成熟、莽撞的生物。它还不懂得杀戮、雪、半死不活，它也不需要懂。

需要的是，当它被弄上船的时候把渔夫的胳膊

但是，也可以是这样的：两种天气同时到来。大海不起波浪，天空灰蒙蒙的，从早上开始下的雪停了，阳光从灰色的云层中间冷冷地透射出来，我们不妨把这称为"积雪"。不管怎么说，哪怕是这么丁点的阳光也会给人受寒的心一种温暖的感觉，会给深藏七层深处的细小血管一种安慰。寒冷并不意味着所有的一切都会死亡；哪怕有人知道这种温暖的感觉十分短暂，知道不久又会开始下雪，开始杀戮……

渔夫被吊在鱼线的另一端，满手是血。他感觉到了鱼的美，心里有些触动。

●

马，并不是童话故事里的马，被撕碎了，躺在地上。男人拄着铁锤看着。豹子满头是血。男人不可能喜欢这头豹子……根本不可能喜欢……

●

这条硕大可爱的鱼，要是吞下了鱼钩，大概也不过是想给自己的上腭搔搔痒，被拖拽上船的时候，它大张着嘴，像是在把鱼

钩钩住的地方给人看，似乎在说"别弄疼我，别扯裂了，把它取下来"。渔夫做了一件根本不该做的事：用右胳膊抱住鱼拽向自己，却把左胳膊伸进鱼嘴里去把鱼钩小心翼翼地取下来。鱼嘴一下子就闭上了。渔夫感觉到了鱼钩从手上滑过手腕，滑向了胳膊。手动弹不了了，胳膊一点一点地消失在鱼嘴里。他感觉不到疼。这不是在咬，不是在扯，而是在吞。鱼在吞到胳膊肘的时候停了下来，睁着大眼睛看着他，不扑腾，不挣扎，仅仅只是吊在他的胳膊上。

不知为何，过了不久，渔夫稍稍清醒了过来，起先想把鱼慢慢地从胳膊上拽下来，但丁点都没能拽动，而后使劲拽的时候，平滑的鱼皮一紧缩，鱼刺与疙瘩都鼓了起来：渔夫的手心划破了，渗出了血。他试着把鱼嘴掰开，却感觉到鱼的牙齿扎进了肉里。他停了下来。必须好好想一想。做什么事情都需要边做边思考。他开始单手划起了船桨，尽管明知这不会有什么用。不一会儿他发现进入了一股水流，便收起了桨，任大海想把他带到哪儿就带到哪儿。

仿佛有人在远方、在大海深处跟他开玩笑，在嘲笑他。

●

大海黑暗中的一条鱼，陆地黑暗中的一条蛇，是死亡国度的两位信使。

明亮天空中消失的一只鸟，是海鸥吗？也许是吧。它是亡灵国度的信使。会给我们带来什么消息呢？它盘绕在渔夫的上空，又会给他带来什么消息呢？

小山丘后面，戴着头巾、圆锥帽的人们窥视着男人。

树下盘卧着一条蛇。在不远处,正在游向它的洞窟。它是要报喜说男人已经杀死了豹子?还是说男人已经离死不远了?

下方一侧有条小溪在缓缓流淌,里面有条鱼在游动。

小山丘后面一支箭射向男人。在上方两根枝条之间有一只鸟,伸展开翅膀,就要冲向光彩夺目的空中。

●

就这样,渔夫不得不如此带着这条鱼,再不能去捕鱼,再也划不成桨,再也无法去见人。他杀不了这条鱼,而且他怎么杀,拿什么杀?

他想起了些什么,在若有似无的晃动中打着盹,想起了过往中的一些事儿……

有一个小孩,沿着沙滩跑着,手里抓着一条蛇的脖颈。蛇没有挣扎,只是用整个身子当鞭子,抽打着小孩,抽得小孩的胳膊、手腕、手上全是血。小孩跑到五百步远处的哥哥跟前,把蛇展示给他看,最后一次轻轻地掐了一下它的脖颈,松开了手。蛇游走了,闪耀着光芒消失在了眼前,没对小孩做什么,它早就惩罚过小孩了。小孩脸上一直都笑意盈盈。"在哪儿找到的?""沙子里面。""怎么抓住的?""一把就抓住了它的脖颈。"隔了好久,似乎发自内心地说:"我们已经成了好朋友。"

他想起了这样的一件事儿,在若有似无的晃动中,静静流淌着的历史河流的黑暗中的一件事儿。

"现在我们成了朋友。"渔夫再一次说道,声音仿佛不是用耳朵听到的，更像是用嗓子眼儿听到的。他像是在努力地记忆某种东西一样。"现在我们成了朋友。"鱼一动不动地用它那撑满整张脸的独眼看着他。鱼离开水已经有多少个小时了？真是难以把它与陆地动物区分开；可以说它基本上就是在呼吸，或者说，可以用肉眼看到它在呼吸。

是鱼被抓住了呢，还是渔夫被抓住了？也可以说在一场隐秘的战斗中俩人互相被对方抓住了。

"现在我们成了朋友。"很显然，鱼想要的不仅仅是朋友。好几个小时过去了，俩人之间一定会产生一种爱，这种爱会转化成一种执念；它正在发生，转化……

●

箭飞过来了，掉落在巨树底下变成了草。这是巨树周围从空中如雨水般落下的箭的产物，或者说是，如箭般掉落的雨水的产物。草丛之间，一条蛇舞起了波浪，雌雄同体。

巨树，就是世界树，是宇宙的支柱。那些王，就站在这棵树下，用他们桶里的圣水给它浇水。他们腋下夹着狮子、豹子，像是要把它们挤出水来似的，用一只手掐着它们的脖子，直到它们咽下最后一口气；有时抓着它们的上下腭，有时抓着它们的两条后腿，把这些猛兽撕成两半，掐着缠在他们腿上的蛇的脖子把它们掐死。世界是他们的，他们从巨树上获得力量。他们不懂得爱，因而激怒了这些凶兽的圣母，但在他们倒水，让水渗入地下，流向树底的时候，他们把妻子送到丈夫身边，让分离的人们相聚。站在树下，仿佛是他们修建起了承载着树顶的天空、树干处的大地、树根的蓄水池，仿佛是他们把宇宙集聚在了一起。正如他们的躯体与巨树融合在了一起一样，他们的头与鸟、他们的脚与鱼融合在了一起。

●

现在渔夫正处于另一场梦境之中。他已经感觉不到胳膊上的重量。鱼，不知怎么地，似乎找到了方法，松开了他的胳膊，从脚开始吞下了他的整个躯体。渔夫的脑袋是在外头呢，还是已经与鱼头融合成了一个？不知道。

他在鱼的体内，和鱼一起——是从他的房间里呢，还是从船上呢？这也没人知道——向着冰冷的水深处游去。已经深夜了。雪也停了，抚慰了一会儿人心的太阳也熄灭了。他们向着无穷尽的雌性、无穷尽的雄性深处游去。

当杀戮开始，失去知觉的鱼都气息奄奄地向着冰冷的水面缓缓升起的时候，他们，交织在一起，潜向五颜六色，潜向奇异光芒中缓缓移动的新旧死尸，潜向过去遗留下来的都市之间。渔夫对于色彩、光芒、由长满青苔的死尸岩石化了的建筑石块一点都不感到害怕；仿佛早就为各种绿色的盛会作好了准备。只要，他说，他想着，只要，他希望金枪石斑鱼也能够明白、懂得这一点，他说着——想着，只要，别让我碰到亡灵国度的苏丹就好。对此我还没作好准备。

但鱼似乎不明白、不懂得这样的事情。它游啊游，游到了一块岩石底下，用尾巴就那么随意地碰了碰，岩石中间就裂开了。渔夫知道，只有与一条鱼、一条蛇建立起友谊的人，只有与一只海鸥谈过话的人，才能通过这短暂张开的裂缝进去，才能去叩拜死亡，才能稍稍拖延一下黑暗国度的苏丹的面世。如果不能抓住时机从这裂缝进去的话，岩石就会关上，再也不会打开，人类的希望也会破灭，再也不会复苏。

渔夫又一次说道："我还没作好准备。"这种相遇总是那么不定，人可能会从这儿得到些东西，学到些东西，而后离开，回到尘世；也可能出不去，回不来……

渔夫说："我还没作好准备。"他扯下了被突然关闭的裂缝夹住的鳍而得以解脱。在钻心的疼痛之中，他再次感觉到了胳膊上的重量，知道在鱼钩钩住的地方，肉撕裂开来，他醒了过来。吊在他胳膊上的鱼的鳍被扯掉了，流着血。眼里有一滴泪水眼看就要掉下来了。

远方，在上方，船也许仍在随波逐流……鱼和渔夫就像那些在水里留下一道血的痕迹、留下一条泪水铺就的路的被杀戮的鱼一样开始上浮。而后渔夫在心里说"抢劫"，"我被抢了，我早就应该知道会是这样的。"他这么想道——或者，他没有时间想——也许……根本没想到抢他的就是大海。

•

有一阵子，渔夫和鱼与他们以为已经成为朋友的一条蛇平等地相处了几分钟。他抓住了那条蛇，但蛇也对他进行了惩处。对此，正如他没有对蛇做出什么举动来展示他的力量一样，当他放了蛇以后，蛇也没对他再做什么。而鱼则想要比友谊更多的东西，因而不停地向上攀爬，一点一点地吞下他的胳膊，快要咬到肩膀了；鱼越吞，长得越大，变得越重。

鱼越来越重，而渔夫也明白，他喜欢上了这个负担；感到它越增加了重量，他的心情越放松。每当感觉到寒冷，他因内心翻腾而生出的热量就能够温暖他和鱼。渐渐地他感觉到自己开始能够明白鱼的话了。谁知道呢，也许是鱼开始能够明白渔夫的话了。长话短说，渐渐地，他们开始相互理解了。

鱼对他说："你睡吧。正因为你说你还没作好准备，我们才没进那深处，你怕死；然而不经历死亡，不承受痛苦，不粉身碎骨，你的内心不可能变得舒畅，你就不可能重生。"

"我可以和你去任何地方，"渔夫说，"但我对某样东西还没作好准备，就算我和你一起去了，又能怎么样呢？"然而，就连他自己的内心都无法相信他对鱼所说的这些话。

●

小孩把他的第一个猎物带到大人们跟前放了下来，眼睛盯着地面，等着。部族老爷爷切开动物，取了点血，抹在了小孩身上的九个地方，用熟练的双手剔取出动物右腿上最好的骨头，塞进了小孩的手里，说："从今往后大家都会用我现在给你起的名字来称呼你，你就叫……"此时，天空中雷声不断，小孩就这样没有了名字。

渔夫有好长时间不知道自己在哪儿了，是在水里呢，还是在水外面呢？是在海面上呢，还是在海底呢？他在找一个名字——

也许是给自己，也许是给鱼，也许是给他们俩合成的这一新的物种。他周围似乎有越来越多的镜子似的，镜子还不停地在变多；他看着，真的看到了，而且越看就看到了更多的镜像；看到了一个、百个、千个这种物种，迄今为止他从没看到过这种物种。一条胳膊是鱼的一个人，嘴里长出了人头的一条鱼，两腿之间到脖子处吊着一条鱼的一个人，与一个人合体而成的一条鱼，与一条鱼合体而成的一个人，自己与自己组成一对的一条鱼，自己与自己组成一对的一个人……没完没了。一个、百个、千个、成千上万个这种物种在他周围乐疯了似的惬意地扑腾着、抖动着、舒展着身子，时而收缩，时而膨胀；一个这种，陶醉于不停变多的、唯一一个快乐的物种。没完没了。

而且鱼儿的配对，仅仅在人们为好玩而画的画里才能见到。

有些人远远地，仿佛悄声告诉渔夫他所找的名字；但渔夫听不到这悄声传来的名字，也无法猜出是什么。

四周时不时地在变亮。也许是太阳升起又落下，也许是云层时不时地遮挡着阳光。他所知道的唯一一件事情，就是变亮的频率越来越高，四周也越来越亮堂。

他努力地在回忆：我出来打鱼，回去的时候却与我的猎物融合在了一起。他知道这很荒唐。他说，它又不是我的猎物；既不是我追逐的它，也不是它受困于我；我们的相遇就是一次偶然。甚至我们并没有融合在一起；它想要怎么样，想要干什么，我们就怎样，就是这么一种状态……再者说，我算是回来了吗？我又是什么时候回来的？回到了哪儿？回到了谁那儿？我只是走在一条奇异的路上，在一趟奇异的旅途中。但我不得不和它——金枪石斑鱼——那条主动让我抓住继而又吞了我的鱼——一起生活，这说得没错。而我为什么要这么说呢？难道我不喜欢吗？我和它在一起，如此说说就行了，唯一能够确认的就是这点，没有别的。

渔夫不再想了，因为他们正在朝着太阳升去。

没有光，没有闪，没有亮，他们处在面粉一样的空白当中，仿佛早就脱离了世界。"我们俩肯定是已经死了，"渔夫（或者以为自己还是渔夫）在心里想，"鱼并没有离开我的身体；然而我们像是在飞……"

他们死了，已经粉身碎骨了；也许他们的五脏六腑都变成了新的；也许他们重获新生了……

死去的人什么都知道；而了解的途径就是死亡。死去了的，加入了死者行列的人，进入地下、水底从那儿得到消息的人，飞上天空，去到天空之外，像采花一样从那儿摘得光亮、光明、智慧的人，把分裂了的躯体重新整合到一起，仿佛重生似的回到地面融入人群的人，知道该知道的所有一切。

渔夫心想："我已经死了，但我会重生，会知道所有的一切。"

鱼的牙齿死死咬住了他的肩膀。不能把它忘了，尤其不能太骄傲。

一只海鸥，就像一棵树的树冠一样，遮挡住了他们头顶的天空。他自己就是这棵树的树干。鱼——尽管一刻都没离开他的身上——在下边，远方，地面，像水面一样伸展开来。天空，地面，水底，仿佛汇聚在了这棵巨树上一样。它们仿佛成了这个宇宙的全部。渔夫知道，鱼黏在了他身上；他所看到的在下面伸展开的则是大海。到此刻为止他都看不到大海，都是通过鱼在思考所有的一切。现在，突然……

之后从远方——不知道从什么时候起就悄无声息地越来越近，但仍然算是远方——传来的一阵轰鸣声，在他的耳朵里炸响。当他们和海鸥一起以一种亮瞎眼的速度向下掉落的时候，他看到了大海伸展开来，探出了无数根手指，感受到了鱼竭尽全力地黏在他的身上。而后四周变得一片漆黑。

●

男人，骑着马不停向前冲。马，绷紧双翅，在狍子的身后飞奔着，身影即将触碰到狍子[1]

麒麟，极其喜欢年轻的处女。它会跑着扑进她们的怀里躺着：这是大家都知道的事情。

了。狍子突然之间像石化了一样停了下来。两个世界以发疯般的速度撞在了一起。男人的脖

抓住麒麟以展示勇猛的唯一方法，则是把一个英俊的年轻人打扮成女孩扔到野外。年轻人搔

子扭断了，脸上、眼里全是血，长发飘飘、手指纤细的他淌着泪，

1　此处为段中串行表述，并以字体颜色加以区分，非排版错乱，文中诸如此类情况不一一注明，请读者知悉。

努力想复活过来；有谁能

首弄姿地在前面走；麒麟一见他就会跑过来扑进他怀里。这时，它就会发现隐藏在层层叠叠

明白狍子突然消失了，而英俊的年轻人却站在它的位置上？有谁能知道会出这种事？

的衣服下面的长枪，麒麟的心就会碎落一地。

·

  人总是十分渴望重新抵达深埋在记忆模糊的大脑中某个角落里的天堂；但又有几人——即使是一小块，即使是残缺不全的——能够做到呢？很久很久以前，这事儿也许是可以做到的，但现在很难相信，所有的一切结束之后还能够从头开始，很难相信能够像一年结束之后又开始新的一年一样回到天堂。人已经无法相信，一次又一次死后会一次又一次地复活。比如说，在存在与消逝的分界线上，有谁注意到，手捧吞掉了自己一只胳膊的一条鱼也是一种本事？一开始，胳膊被吞掉了的人，不会认为这是他的本事，而会认为这是他爱的无奈；会把选择成为某种不可抗拒的灾祸的牺牲品所受的痛苦，看作自己成长的代价。

  这一刻，渔夫看到自己和朋友们一起坐在咖啡馆里。大家围着他，一眼就可看出他们脸上的悲伤。很显然他们没看到鱼，也没看到鱼嘴里的胳膊。他们问他这些天去哪儿了，说担心他出了什么事儿。谁也问不出"你的胳膊怎么断了？"尽管他们并不是没有这种权利……人的胳膊要是断了，被砍掉了，那这人几天内都不会康

复。再者，要是他出了什么事儿，大家都会听说的；要是他住进了医院，大家也都会知道的。渔夫只字不提，只是伤心于他们看不到鱼。尽管他很想大声喊："你们难道看不到吞掉了我胳膊的这么一条大鱼吗！"但不说虚的，他没这勇气，不敢打开这个话匣子。难道要让那些看不到的，他想让大家都看到的，他的这个所爱，就需要如此一个展示英雄气概的机会，需要如此一种刚硬的心性吗？他有点恨自己了，走上了回家的路。他看到自己在家里，仿佛和鱼一起沉入海底的不是他，仿佛和鱼一起"飞"的不是他。此刻，鱼不仅仅吞掉了他的胳膊，仿佛还裹住了他的全身。他轻声低语道：他们没看到你，他们看不到；我该怎么让他们看到你呢？他们看不到的，会说你疯了。让他们触摸一下……他们看不到胳膊却要在胳膊的位置去摸一下鱼吗？或者……我也不知道，我就是不敢冒这个险。也许我明白，我不能没有你，我知道；也许就是怕这，怕他们把你与我分开……他停了下来。他首先想到的、说出来的就是这些。他嘴里首次冒出"所爱"这个词就是在说这些话的时候。我可以和你一起去任何地方，哪怕是去那儿——海底的死亡之处……我已作好了准备，我现在已经作好了准备，哪怕是死亡之处我们也可以去了……

突然，渔夫看到自己身处在了船上，身处在了铅灰色、暗淡无光、即将黑下来的天空之下。船还在顺流而漂。他感觉到了胳膊上的重量减轻了，起先以为是心理作用，但不一会儿他明白了，鱼在缩小变干，肉都开始裂开发臭了。它的牙齿还在自己的肩上，但鱼在飞速地变成一根大鱼骨。渔夫快要疯了，尽管他还没疯。他不明白，他也不想去弄明白。随着鱼慢慢消融，成块成块地往下掉，他的臂骨露了出来，鱼也带走了他的肉。随着鱼骨掉落之后，他的骨头也在往下掉。当鱼从头到尾的骨头与他的臂骨一起从他肩上脱落的时候，渔夫已经想好了要做什么。他把船调了头，像是要撞上岸去一样，而后他跳进了水里。他想：我们的名字叫"所爱"，但我一直没能想到这个名字，没能及时选取这个名字，耳朵顾着去听那无关紧要的响声了，我本应该努力去听清楚被响声掩盖的声音的。

大海向主动到来的渔夫敞开了怀抱。没死的所爱是致命的，而现在谁来给这个不知道这一点的可怜人指路？谁来带他去他所说的已作好准备了的死亡之处？这活落在了大海头上。谁来告诉渔夫，金枪石斑鱼在它认为渔夫很强大的期间爱上了他，在看到他的软弱无力——无论他面对别人时是什么样的，面对自己时就是软弱无力的——的那一刻就碎裂了身子？需要有人告诉他。但这不是大海要干的活，因为大海仿佛可以看到消除各种痛苦的死亡之力要强于所有的力量，可以辨别出它的强大程度——在它所看到的地方——相当于大海的辽阔程度。

现在，在下方，死亡之处的岩石正在缓缓地打开，迎接朝它滑来的渔夫。大海，会像母亲一样，把她的所爱藏在她的子宫里不让出来，不再把他生下来。

1968
—1972
—1976
—1977

2

我带着从甜品店买的甜甜圈去了一家咖啡馆，坐在了临街凉篷下面的石凳上。咖啡馆老板应该是还没有厌烦于在每个上天赐予的日子里，五十次、上百次地对没见过面的、以为能轻松吃掉甜点的游客们，展露出他的惊讶，因而睁大眼睛，看看甜点，又看看我；他送来了茶水，然后退到了柜台后面。

　　还没有出现过像死亡一样的笑口常开的人。我就跟咖啡馆老板犯倔，吃完了我的甜点，又要了一壶茶，把报纸看完了。

　　不管怎么说，后来我终于明白了这家伙是真的惊讶了。他大概是根据我说的话，以及我看的本地报纸，认为我不是游客而是本地人。

　　我起身走向柜台，付了钱。让我吃惊的是：店铺的后面不是墙，而是玻璃；穿过一扇门，可以登上拱形屋顶下方的另外一个台阶；从玻璃望过去，可以看到天空；就在柜台下面，是一两座塔的塔尖……

　　穿过玻璃墙的门，我登上了另一侧的台阶。面对身前一下子打开来的深邃，我有点头晕。手想抓住点什么，却碰到了桌角。我的下方是铺有一级级台阶的悬崖。而在悬崖下面，是一片正方形的场地，饮水处占了八分之一的地方。这片正方形的场地由石块铺就，从中心处往四周画有线，把场地分割成了一块块。在我下方的一侧是一座三层楼的旧宫殿，像玩具一样。塔最上方的瞭望孔正对着我的肚子。

一种母语并不是英语的声音就在我身边说道："令人吃惊，是吧？"

他竟然就坐在我扶着的桌子上，面前是一个打开了的本子，他手里拿着笔。我点头表示同意。他并没有板着脸，但在脸上的皱纹中也看不出微笑的痕迹。

我慢慢地靠近了台阶边沿，稍微适应了之后，开始顺着台阶慢慢地向下走去，台阶已经磨平了。我在第四层台阶处停了下来，扭过头来，他就在上方，看着我。我的眼角瞥到了贴在他身后墙上的一张布告。除了用大大的绿色字母写就的"小心"外，其他什么也看不清。我该看前面才对。不知怎么地我就成功地下到了一片三角形的场地上。这里即便不像古时候人工建造的庞大剧场，但是这个坡，对于从下往上看的人来说，看上去也像一个陡峭的山崖。我朝着这片场地的一侧走去，想从对面远远地看一下旧宫殿。在这片正方形场地的边界处，再次出现了建筑物的墙，就在这儿——在我面前——又出现了写着"小心"的布告。在这个角落里来来往往的人很多，路很窄，因而人们都不可避免地会碰着别人，但谁都没有道歉就走了。我就在这个角落里，装出一副游客们所特有的漫不经心的样子，仔细地看完了这则布告。

第二个童话

连着几个晚上都错过车的人

致
聂姬荷

一周当中的海,水当中的星期二,行走者中的黄貂鱼,游水者中的猫……

摘自《给听话的人的绕口令》

多年来,这人心心念念要去鲤溪。他不知道是因为有人去过而称赞过那里呢,还是因为他在某幅地图上看到后感到好奇了,还是因为他在某些地方看到了此地的某张照片。他唯一知道的是,每当他想要去海边,他就会想着鲤溪上路,之后却要么懒得去了,要么跟着去其他地方的朋友们走了,要么因为路坏了,要么因为车坏了而一直都没去成。

他从记事起就迷恋大海。每当看到自由泳时两只胳膊一扎进水里就打滑,看到水面上像是不断裂开的伤口在无穷无尽的阻力下弥合的时候,每当看着自己的躯体、大腿在这凉爽的彩色果冻中摆动的时候,他就会切实感受到并且切实理解这生命力。每次去海边,他都会往家带鹅卵石、贝壳,以免生活中失去大海的气息。一个个冬天,他都看着鹅卵石,看着贝壳,等待可以再次用全身毛孔呼吸大海气息的日子的到来。他经常在吃鱼的时候努力从鱼身上寻找海藻、海边的气味,经常竖起耳朵聆听吹得树林哗哗作响的风,聆听运转的时候发出心跳般声音的机器,努力从这些声音中找到拍向海岸的浪涛,找到大海的心跳。

就好像他之前就很狡猾地琢磨过,作出决定搬到远离大海的一座城市居住会增强他对大海的迷恋,会消除当人厌烦最心爱的某样东西的那一天来临的时候人会崩溃的可能性;仿佛必须要这么自欺欺人似的,在他还没有明白这么做了以后的空虚……在他所住的城市的街道上、花园里,有着一排排高高大大的白杨树;随着春天的到来,这些树一发绿,树叶一长出来,一发出哗啦哗啦的声响,就比其他所有的树都更让人想起大海的波纹,想起小船的摇晃。看着看着,这些白杨树就会突然变成大海,变成小船,接着变成鱼;可以让人遗忘"鱼上白杨"[1]这一成语,可以让这一成语消亡。

白杨树的树叶全部长出来之后,后半夜会有一只鸟飞来,在这儿鸣叫起来。一高一低短促的鸣叫声会带着短暂而均匀的间隔持续好几个小时。这就是人们所说的角枭吗?他怎么也无法

---

[1] 意为"太阳从西边出来"。

确认。不管怎么说，在这个时间点还醒着的城里人，都听不懂这鸟叫声。这事儿可以去问谁，可以从谁那儿了解到呢？但鸟的名字不知道就不知道吧，只要这鸟的叫声传来，这人就会明白，到了去海边的时候了。这时，他就会在梦里往喝的水里加盐，把自己的身子变成鲟鱼那么长，把自己的身子变成水母那么圆，在海藻丛里闲逛，钻进鲣鱼群。而后，在某个早晨，从睡梦中醒来，踏上前往海边的道路。

白杨树，再一次在城市各处长满了叶子，鸟也再次发出了鸣叫。但鸟也好，树叶也好，这一年都没有在他心中激发出大海的光泽；第一次出现这样的情况。在多年养成的习惯的推动下，他还是相信自己必须要去海边；他还是想象不出比大海还要美的东西，还是无法忘记自己是在海边出生的，因此他要去海边。

这人注意到了自己心里的这一变化，但弄不清楚是因为什么。这也并没有太过于破坏他的心情。既然感觉到了某种变化，那么，最好的，难道不是真的去一趟这么多年都没能去成的鲤溪吗？……他也这么做了；跟谁都没说就出发了，先是来到了海边的这座大都市，一下车就问起了前往鲤溪的长途车的发车地，有人告诉他："对面的车站。"照着那人所说的，他穿过车站大门，投身进了震耳欲聋的嘈杂声中。

穿过长途汽车站大门的时候，他闭上了双眼，就像从高高的山上跳进大海时跃入空中前所做的那样。随着他睁开眼睛，他感觉自己的两腿——即将做出蹬踢动作——紧绷了起来，想要从"嗡嗡嗡"的嘈杂声中脱身出来,跟要浮出水面时一样。这种嘈杂就像有水草的枝枝丫丫缠绕其身子的混浊湖水一样围住了他全身,侵袭着他的肉、他的血。然而,这种嘈杂并没有可供他露出头的一个面。从这噪音之湖、噪音之泽中脱身的唯一方法就是找到前往鲤溪的长途汽车,登上车,躲在其中,在其怀中脱离此处上路。

他想到了用头部的吸盘贴身在嗜血怪物鲨鱼肚子上而连鳍都不用动就可以鲨鱼的速度游遍一个又一个海的懒鱼……他不是不能准确地知道在白杨树上鸣叫的鸟叫什么吗,这种鱼的名字他也想不起来,大概就叫莱姆、莱莫什么的……

他又看到自己正在穿过农贸市场[1]
另一方面

不少人同时拽着他。抓紧时间,抓紧时间,前往萨兹勒、格兰吉克、马德拉巴兹、库尤鲁、阿利夫柯依、这儿、那儿的车就要开了……

他静静地缓缓走着

在车上打盹的时候他就半是回忆半是做梦地穿过着这座远离大海的城市中由白杨树包围着的农贸市场;难道这嘈杂的声浪不是会把人吵醒,而是会让人昏昏欲睡还是怎么着?

---

[1] 此处插入另一场景故事,格式形似元素周期表。

> 他就像是从农贸市场外面的某个地方拍电影似的，站在原地，追踪着自己从头到尾缓缓穿过整个市场

随意在嘈杂声中的某个地方停了下来。两边有那么多手搭上了他的肩；而那些司机的助手们，应该是由于他们还是小孩的缘故，搂住了他的大腿，想带他去盖迪尔、巴尔泰佩、波杜尔、苏丹艾西、库什拉尔。还没等他完整地说出"我要去鲤溪……"，搂住他胳膊的那些人，就像抖掉粘上的泥巴一样扔下他，指了指比噪音之湖还要远的地方。他艰难地分开人群，努力向前，勉勉强强地逃了出来。

> 他下了楼梯来到市场。这是星期天以外的一天，是除了市场开市之前和开市之后的日子以外的一天，是除了货物堆满之前的日子和脏物、废物清理干净后的日子以外的一天，是一周中间的一天，他在空无一人、没有镶板、没有货物摆放、没有支撑物、没有遮阳物的市里从一头到另一头

现在他要考考他，看他是不是已经学会了摆脱那些连拉带拽粘着他的人的方法。鲤溪……他二话不说，又在越来越大的嘈杂声中，在炎热中，在机油味中，朝着车站的纵深处向前走着。

> 从一头到另一头静静地缓缓走着。他站在楼梯顶端，站在街上，看着自己。风在吹。这是会吹来雨水的风。地面扬起的灰尘卷刮进了他的裤脚、衣

> 袖、耳朵、发间。他登上用于摆放货物的由混凝土围起来的土台子，又从台上下来，在这没有开市的市场里缓缓走着，从一头

在汗味和机油味最浓郁的地方，在最炎热的地方，有几个人像是咒骂了几句，指了指在车站最僻静角落的三辆车。尽管离得有点远，但至少已经能够看到开往鲤溪的车了；他朝那边走去。

> 从一头走向另一头；正如他知道自己在走一样，他也看到自己从很远的地方，从市场外，从上方的街道上，通过机器的眼睛看着自己。市场后方的那个人，也就是他本人，在那空无一人的宽阔地，在那悄无声息的空间里，拍摄着从一头走向另一头的孤单的人的影片；从市场的一头到另一头

他的耳朵被嘈杂声吵得聋了，因而当靠近他们所指的地方的时候，他就像是在看无声电影似的，看到三辆长途车中的一辆，悄没声息就溜走了。他想跑步追上去，但仿佛挤满车站的人都站在了他的面前。

> 而在他从一头走向另一头的时候，在那空无一人的寂静当中，年轻时一个朋友非常喜欢的一首歌谣突然闯进了他的脑海……风吹着大海泛起波浪……然而这首歌还有前面的部分，是讲述阿克萨拉依的白杨树已绿树成荫。这里的白杨树高高大大，摇曳多姿，已把市场四周包围了起来。而在

树林中间那辽阔无垠、空空荡荡的市场里，只有那携雨而来的风在翩翩起舞；他本人从那宽大空间的一头向另一头

他想喊出来，可听不到他的声音，像在梦里一样。当他来到那个角落的时候，只剩下一辆车了。他气喘吁吁地问来到他面前的司机几点发车。"这车不走，"司机说，"这车又不去什么地方……"这人气懵了，深吸了口气，咽了口口水，而后极其平静地问道："刚刚这儿还有三辆车的。那两辆去哪儿了？"司机说："还能去哪儿？"面部表情、声音，无一不在展示着他对这一问题的极度惊讶，"一辆去了君独子埠，一辆去了阿里夫科依……"

在他从市场外面，从街道上，通过层层叠叠的透镜，细致入微地观察着自己沿着对角线从市场的一头走向另一头的时候，他一下子就看到且明白过来了，在这死一般寂静中走着的这人在这飞扬的尘土中根本就没想起大海。但，是身为从街上看的这个人呢，还是从市场一头向另一头

那晚已经没有车开往鲤溪了，车站管理员这会儿是这么说的。一下子，他犹疑不定了起来。他可以和以往一样，上另外的一辆车，去一个他所了解的地方，鲤溪可以等明年夏天再去。但之后就放弃了。一出车站，走上街道，车子、露天电影、卖果汁的、卖榛子坚果的、各色人等的嘈杂声针刺般地扎进了他的脑海，这些地中海式的嘈杂声在这个时间点彻底地狂化了。他很

疲惫，嗡嗡声所造成的失聪慢慢地有所好转了。他找了家旅店，躺下睡了。

醒来的时候他还在市场里走着，而且开始骂自己犯傻。一方面是对市场的幻想，一方面是来回跑跑晕了，那晚该问的却没有问。他们所说的开往鲤溪的车却都开往了别的地方，由此看来，开往鲤溪的车难道已经开走了？今晚要发车的话从哪儿发车？给他指路的人，要么是根本不知道，要么是使坏才骗了他。今晚会怎么样？即便白天要发车，他也不去车站了。在这儿就可以下海的情况下还要在被晒得发烫的车上受焖烤，那就是犯傻。他上了辆遥控车，去了海边。傍晚回来好好地吃了一顿，到车站找到了车站管理员。据管理员说，每隔半小时就有三趟车开往鲤溪；如果有乘客，第一辆车一般都会发车，如果可以找到乘客，第二辆车也会发车，第三辆车……这人问好了时间，在渐渐恢复活力的街上转了转，在第一辆车发车前半小时就来了，在别人给指的地方等了起来。

不知道是因为今晚对于嘈杂声稍微有些适应了，还是因为心理原因而使得耳朵失聪了，还是别的什么，他就像没在车站里，而是在很远的地方一样。似乎还是在市场里……大海似乎渐渐地离他越来越远了。然而，他就在这儿，还在忙乎着去海边，以他一辈子都没有表现过的坚定，像等待猎物一样地等待着汽车。忘掉了大海的是在市场里的那个人。明白这一点的，是身为从街上看的这个人呢，还是从市场的一头走向另一头的人呢？在市场里走着的人想过路尽头的死亡，或者，拍电影的人知道他是这么想的。在街道上的，在楼梯口的人大概在想，为什么我不是用我的摄像机拍摄市场所经历的三天，而是拍摄这死亡之日呢？但并不仅仅只有他想到了这些，在市场里走着的自己也在心里想到了这些。他抬起头，装出一副不在看在拍电影的自己的样子，但最终还是要看他的，这么想着瞥了眼白杨树。每天晚上那只鸟大概也会来这些白杨树上鸣叫吧。而后他不再看拍电影的自己，眼盯着向前走着的脚尖，又走了起来。他走着，从上面拍摄着自己的电影。当他来到市场的另一头的时候

意识到自己把三四个不同的时间掺杂到了一起的时候，他的脑子彻底乱了。当他来时乘坐的车接近这些地方的时候，应该是因为一路劳顿，在他打盹的地方，他分裂成了在市场里走着的人和在上面拍摄这个人的电影的人。当他走进这车站的嘈杂之后，这一路上就一直不得安宁。这时候和在车站里走着的人一起就变成了三个人。在车站里走着的人，既在市场里的这些人当中，又不在市场里的这些人当中，就好像看到他们在他面前似的。夜晚，在梦中，还在继续没完没了地横穿市场。现在，他还在和市场里的人纠缠不清。和他化身成了三个人一样，在一场梦中梦的回忆之中，他化身成了四个人，除了所看到的人之外，他还看着在车

站里站着的自己……这没完没了。像在众多镜子中变成多个人一样我在变多;他自我安慰地告诉自己说,这应该是因为劳累和愤怒,因为一个接一个的不顺。

他吃了一惊。一辆普普通通的车来到了他等车的地方。已经到了该发车的时间了。来的是一辆开了许多年、好路赖路都走过的长途车,到处都叮铃咣啷,人们称这种车为"老爷车",这种称谓虽然充满了蔑视,但也坚信真正的破车也有其风范。当他问"是去鲤溪的吗?"的时候,司机给了一个模棱两可的回应,既可以理解为"是",也可以理解为"不"的那种……这人因为已经适应了,所以在嗡嗡声中清楚听到了自己的声音,听到了自己问的问题。司机,则显然,是那种对所谓乘客这种低等的生灵没有好脸色的司机。这人决定再等一会儿。一辆比刚刚那辆还要破的旧长途车,停靠在了刚刚那辆车的旁边。这人走近这辆车的司机,问了问。这次的回复像是一个肯定的"是"。他上了车,找了一个没怎么塌陷的、弹簧还比较有力的地方,坐了下来。要是旁边没人坐的话,他都可以把腿伸直……市场又浮现在了他的眼前。

他走到了市场的另一头,现在在从低低的土墙上跳到街上去。站在远处上方的另一个人,也还是他自己,边走边收起机器。穿过空无一人的市场的人的电影拍完了。胶片要放进盒子里了

他在挣脱梦的泥沼……身边突然发出了噔啷声,他跳了起

来。又打瞌睡了吗？第一个来的那辆车走了。还没等他收拾起包袋，还没等他冲下车，那颜色褪尽、光头光脑的东西早已穿过人群溜走了。他没看到他所上的这辆车的司机。他向旁边站着的一人问了问车是去什么地方的。"大概是去索乌格尔的。"这人深吸了口气，又问道："这车什么时候开？""什么地方也不去，司机现在应该是在床上睡觉，他刚上床……这车明早才发车。这是去卡兹拉尔的车。"这人疯了似的跑来跑去，找到了管理员。除了他自己之外，所有人都应该知道去鲤溪的车从哪儿发车的，除了他自己之外四周没有人在找去鲤溪的车。然而，他所想象的鲤溪要是在真实世界中也有的话，就会有许多人往那儿去，就会有许多人正在去那儿的路上。挨了他斥责的管理员回应说："很长时间以来开往鲤溪的车都是在那个角落发车的。"边说边指了指车站大门的一侧。跟他吵一点用都没有。"我说的你理解错了，"管理员说，"每天晚上只有一辆车开往鲤溪，它已经开走了。"这人一下子懵了。又要等第二天晚上了，已经无法考虑不去鲤溪了。

第二天他又在海里泡了一整天。傍晚，他去了车站，但没找到管理员。他一辆一辆地走到每辆车跟前去打听前往鲤溪的车。到了别人指给他的地方，他们又给他指别的地方。他在人群当中肩扛着袋子，手拎着包，从这儿走到那儿，就是找不到要上的车。其他的车去什么地方的都有，去他所知道的不知道的地方。不知为何，知道前往鲤溪的车的人很少，或者，看上去像是知道的人给出的信息却并不可靠。他累得快要站不住了。在他经过他已经打听过两次去往鲤溪的车的地方的时候,他又问了问,他们说:"已经从这儿开走十分钟了。"

第二天晚上的车他又错过了。之后一天,再之后一天也错过了,但他在追赶这趟车上越来越老练了,不由自主地感觉他会抓住这趟车的,车子再也逃不掉了,这种感觉越来越清晰了。他现在白天也不下海了。不管怎么说,等到了鲤溪后他都会整天泡在海里的。昏昏欲睡中他一直躺到了傍晚,吃饭也只是凑合着填饱了肚子,连书也不看,买的晚报也懒得看一眼就扔到了床下。他每天傍晚都去车站,感受着抛掉对于忘记大海、错过长途车的担心而按照某种游戏规则玩游戏的乐趣,这种乐趣一天比一天浓厚。车子已经逃不掉了,最终也真的是这样,第十六个晚上,他就像把牲口堵在角落一样地堵住了长途车。

然而之前的那个晚上,发生了一件事,这件事让他所有的这些努力,让他最终找到车子的胜利变得一文不值。管理员把他拉到了车子后面,"兄弟,"他说,"我看到了,你好多个晚上都来,我不说不行了。事实上,这些车子当中有八趟,在去别的地方的时候,可能会路过鲤溪,或者在去了别的地方之后,可能会再到鲤溪去,一般也都会去;但由于地方太偏,没必要的话司机们都不愿意去那儿。他们会多要钱,会跟乘客吵,会试图把乘客撂在半路。那里的人本就总是一块儿来,上同一辆车,出发后司机也就没有办法了;但像你这样单独一人的乘客,谁也不会跟你说"我们会去",这一点你要知道。也许凑巧会有其他乘客……也许那时候你就可以去了。再说了,那么多可去的好地方难道发生瘟疫了?"这些话,夺走了这人那一刻的所有兴奋,但他从里面听懂什么了呢?

这天晚上他随手找到车子的时候,人们说乘客们都来了,车子马上要开了。他上了车。这是一辆新嘎嘎的车。乘客们都坐在了位子上,有的人蜷缩着睡着了,有的人还在为睡觉作准备。他刚坐下,车子就发动了,像坐在船上一样,轻轻松松就离开了嘈杂的地方。十分钟不到,他们就在连一丝光亮都看不到的公路上越来越快地向前滑行。这人在心里对自己说,这么看来,只要不停去做,只要想要,只要知道想要,都会有个完美的结果的。紧接着他像是挨了一巴掌似的清醒了过来;之前的那个晚上管理员说了那些话之后,这种想法,比起其他所有的事情来,顶多显得更可笑罢了……

车里的灯早就熄了,到处都是鼾声。他自己也可以马上就睡的,到了鲤溪就不会那么累了。

他们把他叫醒了。四周还是漆黑一片。车子停了。迷迷糊糊中他竖起了耳朵,听不到大海的声音。"怎么了?"他问把他叫醒的人。这是司机的一个助手,全程负责照看发动机,必要的时候进行修理,给乘客们派发一瓶瓶的凉水,给乘客们洒古龙水,年轻的脸由于经常被打断睡眠而有点肿,尽管知道要斯文对待,可他那考究的衬衣却遮不住他那种年轻人的粗野刻薄。"到您下车的地方了。"他说。这人没有多啰唆,每个人都应该很好地知道自己的事情该怎么做,带着这种善意的信任感,他下了车;黑暗中有人把他的包塞进了他的手里。车上除了他,本就没有其他乘客了,都已经下车走了。脚刚踩着地,他还没来得及反应,就听到车子在浓浓的尘土味中开足马力全速离开了。很显然,黑暗之中就他独自一人了。这人等了等,灰尘不呛鼻子了。他竖起耳朵听了听,没有大海的声音。他仰面朝天,也没有盐的咸味儿。他自己也奇怪自己没有生气,奇怪自己没有吃惊。他正了正他的袋子,走了一两步,两脚像是陷进了沙子里;不是像,完全就是陷进了沙子里。他把包放到了地上,弯下腰来,这不是沙滩的沙子,不是海里的沙子;像面粉一样,细细的,不像任何一种他所知道的海里的沙子。在这纯粹的静寂当中,他脑海里想起了市场,一闪而过。他一点也不好奇这里是不是鲤溪。在这纯粹的静寂当中,大海哪怕离得再远,也会让他听到的。没有声音,没有海风;这人对此没有感到难过,即使什么也不知道,他也知道他没有上错车。然而还在他上车落座的时候就跟那司机的助手说过几次他要在哪下车。他深一脚浅一脚地又走了一两步。他现在不管大海了,也不管鲤溪了,心里只有好奇,只有惊讶。他本是个乘客,可能会碰到各种事情,他对此有准备,但和所有的乘客一样,他内心深处还是期望一切顺利,还是期望天上掉馅饼;这是一种隐秘的、逃来逃去的、躲来藏去的情感。难道这么多年来大海从这些地方退走了吗?他随意走了起来,包就留在了身后。

想也白想，东西也是白拎。现在，很显然，他在爬一个山丘，一个沙丘。这时他把袋子也扔了。这里不管是鲤溪，还是什么其他地方，难道本就是一片沙漠吗？他笑了，但微微地一种不安也从心里漫延向了肚子，漫延向了胳膊。他又走了一段。

突然，他在脚下那坑里看到了一排闪闪发光的窗户。他直接朝那儿走了下去。转过开有窗户的墙的墙角，面前出现了一扇门，海蓝色的一圈玻璃在屋里的强光照射下勾勒出了门的边框。他收拢手指，用中指节敲了敲门中央。还没等他收起手，门就开了。

面前站着一位上了岁数的人，微笑着，仿佛认识他似的。"请进，"声音有些颤，"请进，我们也早就开始好奇了。请到炉子跟前……"

这人差点脱口而出："您把我当成了您在等的人了。"但没说出口；突然，他发现自己浑身发冷。走了进去，兴奋地走向正对着门的炉子。"您的地方等了您好久了，"身后有个清脆的声音说道，"我们等您很久了，想着要么今年会来，要么明年……"

这人坐在了炉子跟前的空地上，把手和脚伸向了冒着火舌的火，而后左右看了看。两边都是些苍老的脸，雪白的头发垂到了胸前，满脸褶皱，脸颊凹陷，张着没牙的嘴，露出令人难以理解的微笑，深陷眼窝的眼睛，目光深邃，像是看到这人的眼睛里面去了。

**1968
—1972**

3

游览旧宫殿要花两个小时。进入博物馆不久，在一幅十五世纪的油画跟前，我找到了他。他转过身来，看了看，嘴角一侧似乎动了动，仿佛打算给个微笑。他朝油画扬了扬下巴，站了起来，去了另外一个房间。我坐到了油画跟前。这幅画，是一位可以称得上是普通的"小画匠"的作品，这位画匠虽然遵循了那个时代的标准和规矩，但这些标准和规矩使用得并不随心所欲，也没有充分遵循。这幅画展示着旧宫殿前的广场上发生的一些事情。像是担心画不全似的，宫殿建筑的所有细节都被画了出来，由此可见，广场上发生的事情应该是真实的，是画家亲眼所见的。但这个广场，在这幅画中没有被分成一块一块，而像一块巨大的棋盘，溜圆溜圆的一块棋盘……广场边上挤满了人。在圆圆的棋盘表面摆放着的箱子上面，站着一些身穿奇装异服的人。这些都不是那个年代的服装，和观众们的衣服完全不同，据我所知也不是任何一个年代的服装。这些五彩缤纷的衣服的腰上系有宽松的腰带，这些系带有绿色的，有紫色的。很显然，这幅画描绘的是一场中世纪的比赛，这场奇怪的比赛的双方就是根据这些腰带来区分识别的。这些奇异的服装，让人想起的不是重生，而是一种中世纪的神秘主义象征。至少，对于我——只是从书本中才了解到这段过往的异乡人——来说，是这样的。参与比赛的人，他们脸上那刻板的表情，让人联想到的，与其说是庆祝活动中的一场比赛，不如说是他们认认真真（谁知道呢，也许是忧心忡忡）地在打的一场比赛。

怎么可能是忧心忡忡地在打的一场比赛呢？我心里这么想道；看看我还会再想象出些什么来……

在画中，我看着看着就看到系紫色腰带的人，相比于系绿色腰带的人，他们的站姿显得更稳重，更坚决，更忧心忡忡。系绿色腰带的人，像是更野蛮，更灵活，更僵硬。仿佛是穿过灌木林而来似的，他们的衣服上到处挂着树叶、木刺、树根；脖子上挂着链子，上面串着些像马、像狼、像豹子的东西，在那儿晃着。

油画在我眼前变得越来越大，我越来越能够看清上面的细节之处。

"它太吸引人了，是吧？"他说。

他的声音让我跳了起来；我一下子反应过来，我离画是那么的近。

"游牧民族亲水不是白说的。"我第一次看到他笑。他笑起来是一件令人陶醉的事情。"我还会来的，"他接着道，"我想您会想要听听这场比赛的故事。"

好像面前突然就开了一扇门似的，他再次消失在了眼前；哪怕他就站在平平的墙跟前。

我脑子里想起了一句小说里的话："就算在您的双手之间……就算已经在您的双手之中……就算已经在您的掌握之中……"我无从知道，不知道土耳其语该怎么说。"就算在……之中，这种生物，也是一心想逃走的生物。"

但翻译的事儿可以之后再说。我肚子开始饿了。吃饭的时候也可以琢磨这句话用土耳其语怎么翻译。我得先参观博物馆。

两个小时后,他又出现在了长长的走廊尽头,一进博物馆,他把手就指向了我正在参观的雕像室的一个房间,走了过去。

我匆匆跟了过去,进了那个房间。他想给我展示什么呢?难道当我在各个博物馆里看着看着就无视了的头像当中,有什么该吸引我注意的东西,而我在第一次进来的时候忽略了吗?除了一两个大大的、缺胳膊少翅膀的普通神像外,还有一个十三世纪留下来的墓盖,上面躺着死尸的雕像。我突然明白了他想让我注意什么。在这人的胸部位置,一层层考究的衣服之间,躺着一匹小小的马,就在以极大的细心雕琢而成的链子底端,链子从脖子垂向胸口。在它脚尖断裂的双脚下面有一根像罂粟花和黑刺莓的小小枝条。那是石头。

●

当我吃饭的时候,天开始黑了起来。我想上台阶去早上看到他的地方喝咖啡。他还坐在老位子上。这里的天还亮着。下面却早已经很黑了。各家店里已经亮起了灯,但街上的灯还没亮。我什么也没说,坐在了他对面。

"您想打比赛吗?"他问道。

Üçüncü Masal

第三个童话

Ortaçağ

一 个 中 世 纪 托 钵 僧

Abdalı

致
亚达莱特·吉姆卓兹

(我在伊斯坦布尔给他本人读过。那是十二月底的时候。他没能看到出版。)

在一切的开始时,一切的进程中,一切的结束时,都是腰里挂着动物的一个人的形象,一切都围绕着这一形象积聚在一起,错落有序,恢复生机,又脱落而去。

这是一个中世纪托钵僧的形象:裹着粗纺毛料披风,在磨得已看不出其本来面目的头巾包裹下,看不到他的眼睛,光着的一双大脚已发紫。在严寒中,他缩着脖子,带着一峰骆驼和一条腰带出现了,日光像针一样扎进他眼睛,应该是已经作出决定,并不打算在这之后到来的黑暗中睡在露天,因而他径直朝着远方那坐落在山脚下、令人想起匍匐在地的骆驼的驿站走去。哪怕天已擦黑,只要能到那儿,能在墙根下找到一小块可供栖身的地方,就足够了。

白天正在消失，这个托钵僧拖着疲惫的双脚，扬起的尘土已经到他的腰部，应该是到不了驿站门口了。他，在这条路上独自一人。路，只在他周围才尘土飞扬。偶尔，他像是有点吃惊，又像是有点害怕；但只有他一个人知道这种吃惊，这种害怕，并不是因为随黑夜而来的严寒，也不是因为从早上起就没吃过一块落满尘土的面包而引起的胃痉挛。除了托钵僧，没人知道透过披风挠他皮的爪子，没人知道咬他肉的牙齿；没人知道这种撕扯、洞穿的疼痛，因为还没人见过他在腰带夹层中装着的浅粉色毛发、一半像跳鼠一半像獴、用牙啃咬、用爪子吃肉的动物。这是他年轻时候在一座山上的岩洞里过夜时进入他的腰带住下来的一只动物，多年来他一直都带在身边，打也打不走，逃也逃不掉，却也不忍心把它弄死；也还谈不上和它平分他的食物，到现在为止，他和这只动物也只是分享了三口食物中的一口。只有在饿急眼的时候才会把他弄疼，就跟现在一样。托钵僧已经非常习惯和它一起生活了，甚至对它怎么也不死一点都不感到奇怪。

今晚必须要找到一块面包，这比找栖身的地方还要急迫。他在这片荒野上已经走了好多天了，袋子里连一点面包渣都没有了。

今晚要在驿站里过夜的人，则是别的时代的人。这些人是集体出游，十分热闹，是一群无忧无虑的人。荒野里的这个驿站，以前没出现过除骆驼以外的坐骑，而这些人竟然是坐着地上长出来的包有金属罩的具有风的速度的坐骑来到这儿的。他们的坐骑挤满了院子，他们也把驿站里所有能睡的地方都占了。他们应该是累了；因为他们吃完从袋子里拿出来的东西后，就都带着两脚尘土躺下睡了。

等到托钵僧来到驿站门口时，门肯定早就关了，四周也肯定早就黑了。在托钵僧的那个年代，门一旦关上了，天亮前就不会再打开了。而里面的那些人则生活在一个对于哪怕不是为了让人进来而是急需派人出去也不开门都已无人理解的年代。

托钵僧虽然站在门口，却只能站在露天，站在严寒之中。天还没彻底黑下来之前他所看到的最后一幕是：从早上起，他一路看着都像是山脚下的支撑物似的驿站，事实上远在山的那一边。他的四面都没有遮挡的地方，也没有风，只有直压地面、让人缩成一团的严寒……这样的话就没有可躲的地方了，在不会开的门前兜不兜圈子都一样。动物的爪子越挠越狠，都快要挠到他的肠子了。必须要给它喂饱肚子，要不然打也好，揍也好，揪着脖子扔也好，一切都不会改变；这么多年来这些办法他都尝试过，已经放弃了。

门两边有雕刻着层层花纹的石凹，他钻进了其中的一个，猛地坐了下来。

驿站里的人都摊开身子躺在又长又宽的板凳上。这些板凳，更多地会让人想起桌子。躺着的这些人身下什么也没有，身上盖着从罩着金属罩的坐骑里拽出来的盖被，这些盖被有的像毛毯，有的不像。有一张板凳空着，但脚那头扔着一条团成一团的毯子，应该是躺在这儿的人睡不着，起身到黑暗中转去了。

这人先在躺着的人们之间转着，之后去了外面的院子，看了看值更的人。他还算年轻,头发胡子还没白,肩膀也没塌下来,腰挺得倍儿直;但他睡不着,由此看来,他应该早就不年轻了。

是他看到了托钵僧独自一人在晚霞当中,在空无一人的路上扬尘前行;是他在门关上的时候告诉驿站负责人说不久前他看到了有人在往这儿来,请求稍微推迟关门的时间。但驿站负责人却生活在托钵僧的年代,他接到的指令是太阳落下地平线之前门必须关好。他对此无能为力。

这人还在想办法把应该已经来到门前的托钵僧放进来,也正是这个原因才看向值更的人。

要想让托钵僧进来,他就必须在驿站的墙上找到多年之后、几个世纪之后挖开的洞。然而此刻,唯一损坏的地方,就是拱桥的一根撑脚的内角,拱桥连接着位于院子中央的驿站负责人的塔楼。

他转悠着。沿着拱桥下方,沿着墙根走着,以免被值更的人看见。最终,他找到了他所要找的。

他沿着像城堡主体一样垒得结结实实的墙壁走着。院子的侧墙与驿站主体相连接的地方是土制的,不知何故,已经有点塌陷了,墙最下方的石块隐约有些活动了,但在这儿直接开洞需要花费几个世纪的时间。而这人,自从和他的同伴们进入这坐落在山间辽阔平地上的驿站以来,自从他们迈进门以来,就被关进这家驿站的年代了,处在了在外面等待着——应该和他本人一样在严寒中瑟瑟发抖着——的托钵僧的年代。

但……突然……这人将会大吃一惊,因为墙上将会从外向里开出一人高的洞,托钵僧打扮的一个人将会在重重尘土之中声音低沉地嘀咕些什么,溜进院子。

这人也将会像阅读一篇古文一样,在内心费力地进行解读,以便能听懂这嘀咕声。当托钵僧悄无声息地迈步离去,走到大家躺着睡觉的那间屋子跟前的时候,这人也将一边想要跑着从身后追上他,一边在脑子里解读托钵僧的话:"本以为墙都很结实,转着转着却找到了这新开挖的洞。我第一次转的时候还没有,好像是后来才开的。"而现在,托钵僧也因此在赞美神。

当这人赶到托钵僧身边的时候,看到他在四处张望,寻找着什么。他一定是饿了,这人这么想着,跑去板凳头部一端,从袋子里拿出透明包布包着的、夹有肉和奶酪的面包,伸手递了过去……

托钵僧没有把面包伸向嘴巴,而是伸向了腰带处。层层叠叠落满尘土的布带子里探出了一张动物的嘴巴,还有嘴巴两边的爪子,但是没有看到动物的其他部分,面包渐渐消失在了两只爪子和嘴巴之间……

这人呆呆地看着托钵僧。而托钵僧则盯着吃着东西的动物,一声不吭。动物应该是吃饱了,又缩回了层层叠叠的腰带中,一小块面包掉到了地上。这时,托钵僧弯下腰来,从地上拣起那块面包,吹了吹,扔进了嘴里。这人又给托钵僧递了个面包。托钵僧静静地接过面包,坐到了沿墙的土墩上,在嘴里慢慢地磨着,应该是一颗牙都没有了,吃了起来。

睡着了的人发出的呼噜声时起时伏。难道这里的风也是这么刮的吗？托钵僧嘴里磨着，这人看着。

后来这人发现月光不够亮了，于是穿过拱桥下面，进了睡觉的那间屋子，走到他的板凳前，从袋子里拿出了一盏灯，用灯光照着路，迈着坚定的步伐，又回到了托钵僧的身边。

昏黄的灯光下，他用他的双手，在空中开始给嚼着面包的托钵僧画起了画。他看着托钵僧，用自己的双手，用自己的手指，在空中画着托钵僧的画。他画的画渐渐地成型了，他画的线条后面的托钵僧渐渐地变得扁平了。

这人应该是觉得已经画完了，便把膝间的灯放到了地上，抓着托钵僧，把他放倒在了地上，像是要给完全扁平了的托钵僧安装画框似的。在身旁灯光的照射下，这人想了想要在哪儿签上名，之后从兜里掏出烧烤扦子那般长、像刻刀笔一样的东西，抵在托钵僧空空的胸口刻起了签名。这时，发生了一件意想不到的事情：还没等他刻完签名，托钵僧，张开了没牙的嘴，躺在那儿没有坐起来，动也没动，却发出震穿这人耳朵的声音咳了起来。这人把笔从托钵僧的胸口移开了，但托钵僧仍没有停止咳嗽，边咳边吐。先是咀嚼的面包吐了一地，脸上也都是；而后吐的是血，黑血块；紧接着是肝肺，一块块，血糊糊，黑乎乎。

这人吓得逃离了托钵僧的身旁，逃的时候也没忘了把灯拿走。匆匆逃到自己的板凳上躺下，拽过毯子把脸都盖住了。等他内心平静下来才听了听那边的声音。咳嗽声止了，呕吐声时断时续，之后也停了。不久像是有脚步声从外边传来，像是有人在往这边走。这人像孩子般内心感到恐惧,从他盘踞躲藏了多年的地方抬起头来,心想:"驿站负责人会来查看的,要是他看到我的签名而怪罪于我的话……"那些人,更准确地说,那些脚步声远去了。这些人应该是起夜。这下他的内心安静了下来,外面也一片宁静。他想不明白发生了什么事,差点就以为只是做了个梦。

但……突然……有个尖尖的东西扎进了他的大腿,这东西开始从腿往上走。他不用看都知道是怎么一回事儿。他用两手竭尽全力掐着动物的脖子,竭尽全力吼了出来。醒了的人跑了过来,起夜的驿站负责人也和巡逻队赶了过来。他们费力地把动物从这人的屁股上拽了下来;衣服被撕烂了的地方不停地往外渗着血。他走在这些人的身后,穿过了拱桥下方。沿途有着土墩的隔间里,在油灯、火把的照射下,两侧、地上什么也没看到。为了把这动物从它附着的地方拽下来,他们在它脖子上绕了根绳子,现在绳子的一头在晃悠着。抓着绳子的人走进院子后,把动物在头上方甩了几下后扔了出去,就像用弹弓弹石子一样,动物带着脖子上的绳子一起越过墙消失不见了。之后负责人让大家都回去睡觉。

第二天早上,同伴们都上路的时候,这人没和他们一起走,无论他们怎么说都没说动他。这人说他出不了驿站的门。同伴们计划将在这周围转悠一段时间,之后回到离驿站并不太远的大城市。他们说好五天后在那大城市会合,同伴们就这样出发了。

这人在驿站待了四天四夜,第五天早上他骑上了罩有金属罩的坐骑,和大家告别后出了门,想着中午时分就能抵达城市找到他的同伴们。

出门后转弯要上主干道的时候,一个闪电一样的东西,从石头后面飞落进了他的怀里。这人连喊叫的时间都没有。动物这次把家安在了他的衣兜里,没把他弄疼。他们一起上了主路。这人一路上都想着会从兜里扎进他肚子、两肋的爪子,于中午时分找到了城市,但什么事儿也没有。薄薄的夏季夹克的衣兜有个鼓包,就像揉成一团的手帕那么大。当这人和他的同伴们会合到一起的时候,没人发现动物就在他的兜里。这人打定主意要做托钵僧没做到的事。一感觉到爪子碰到他的肉,他就会把手伸进兜,抓出动物,当着他同伴们的面把它掐死。那晚被他的喊叫声吵醒的同伴们除了嘲笑他睡觉都不安稳外没考虑别的,把他不愿意出驿站理解成了生气而跟他开起了玩笑。它要是不死,他就会找锋利的东西割开它的脖子,或者用一块石头把它的脑袋砸烂。

他等着,但动物什么也没做。每当他瞒着别人悄悄地把手放在衣兜里的时候,他都能够感觉到动物的体温和呼吸。

他等着。但那天临近傍晚的时候,他突然回过味来,他没必要等受到伤害后再去把动物扔掉,把它掐死,把它割喉,把它脑袋砸烂。一辈子都在衣兜里揣着动物这种想法简直太疯狂了。尽管他不知道托钵僧为什么要带着这只动物,也不知道托钵僧什么时候起就带着这只动物,但他认为已经带了一辈子了。他做出了如是想的一副样子。

他们在吃饭,面前就有一把大大的刀。他把手伸进衣兜,毫不费力地把动物从兜里掏了出来,把它平放到了桌上。正当他要给它割喉的时候,同伴们咋呼了起来,抓住了他的手和胳膊,说要把他关进精神病院去。他疯了吗?无缘无故地为什么要宰了可爱的小动物?既然揣在兜里到处走,把它养着不是更好吗?

他们夹着他的两只胳膊,把他带离了餐桌,让他躺下。

深夜,当大家都离开之后,混乱中逃走了的动物找到了这人的床,用爪子刺穿了他的肚子,撕扯啃咬他的内脏。第二天早上同伴们起床后来到他床前,发现了他的尸体,身上全是凝成了黑块的血,看到动物的血爪印只延伸到了楼梯中部,之后动物的爪子应该是已经干了。

同伴们把他埋了,一个个失去了兴致,因而打算回各自的城市了。他们骑上了罩有金属罩的坐骑。几小时后他们在路上看到了一个行人,经过他身旁向前走的时候眼角余光瞥到了他那让人想起中世纪托钵僧的衣着打扮。托钵僧打扮的人快快地在路上走着,看到滚滚尘土朝身上卷来,立刻跳到了路边;看了看闪电般经过他面前的这些生灵。他晃了晃脑袋,揉了很长时间眼睛,接着再看的时候,路上却什么也看不到了。远处只有一团尘土在慢慢消散。他并不是来找消遣的。要不然无论如何也无法在关门前抵达驿站了。他又快快地走了。而后把手伸进了腰带的布层之间,动物热乎乎的、毛茸茸的背,再次让他感觉到了这是最有力的证据,可以证明一切都是真实的。

1969

我先看了看他的双手。

他讲的英语像是北方人的英语，可能是德国人，可能是荷兰人，可能是斯堪的纳维亚半岛的人。当然也有可能是奥地利人，可不知为何我就是没想起这来。他说话的音调，令我眼前浮现出了雪、湖、松林、长有枝枝杈杈犄角的鹿。他还没说多少话，但应该是受他说话音调的影响，昨晚之前看起来还挺深的浅棕色，一天下来好像变淡了；来这儿的时候要是有人问的话，我大概会说是金黄色的。

然而他的手是地中海人的手。

小麦色、指间的颜色更浅、青筋可见之处颜色偏橄榄绿的手。

他双手的美在我脑中一闪而逝。从下方涌来的黑暗，就像缓缓涨起的水一样掩盖住了我们的膝盖，但他的脸仍处于光亮之中。在这光亮之中，他的脸也呈小麦色，颜色很深，和他手上该有的那种小麦色一模一样。

但不久，在白昼最后的光线底下看到他头发闪耀出的金光时，我感到心里发颤，我明白我并没有看错。

●

"如果我们相信传统的解释，那么这种比赛，据说就是为了纪念后来将会成为这座城市的管理者、统治者的家族于九世纪在更靠北的领地所经历的一件事才每十年举办一次的……"

有一些懂得非常多的游客，在去一个地方之前，会花费几个星期、几个月，尽其所能去查找各种文献，尽其所能去了解有关那个地方的各种信息。当他们初来乍到一个地方时,仿佛已经在那儿生活了多年,甚至是好几百年。从街名到饭馆,从博物馆里的油画、雕像到建筑工艺、建筑周期,他们知道所有的一切,即使是在那座城市出生长大的人都从不知道的东西他们也都了解。

他也是这样的一个人,我心里想。现在他在黑暗当中,咖啡馆里的灯光在我们身后。我们上方的灯还没开,应该是为了让坐在石墩上的那些人能够看清下面。

"……然而你们要是问我,我的解释就是,这可能是模仿更早期的一种具有地方特色的典礼。我查阅了所有已知的文献,根据我所了解到的,这种比赛首次是在十二世纪的一次庆祝活动当中举行的,我想如今也没有人会知道比这更早的了。早先时候有人提议五十年举办一次,但大概十五世纪时决定十年举办一次。在此之前举办过几次,没人确切知道。只是,每当君主们想要展示其富有时就会让人打这相当花钱的比赛……

……说它花钱多,是因为君主要给赢的一方支付金钱。可见,很早的时候要救赎一条人命就真的要支付赎金。也可以看出,胜出的一方,如果愿意,是可以杀了输的一方的……

总而言之,文献当中所讲述的因冲突而引发的比赛,一直以来,都是和权力的展示联系在一起的……"

显然他是个研究历史的。他不让我问问题,在我找到机会问出问题的时候他也不回答。我不再纠结于他是哪里人了,也没有问问题。他应该还没有讲完;我知道比赛的历史,但他还没谈到"文献当中讲述的冲突",还没谈到"九世纪发生的事件",还没谈到参赛的人——特别是系着绿色腰带的人——穿的衣服有什么独特之处。

"我们去吃饭吧!怎么样?"

我刚吃过饭,他怎么这么清楚除了"好的,我们去吧"之外我无法说出别的话?

·

一天前,我曾在便签本上写下过一句话,后来又揉成团扔了;这句话一直在我脑子里。"他们迁走了!"这句话是我在那时候找到的,是我想出来的。即使我发誓说这是我编造出来的,我也不会头疼。然而还没等过了二十四小时,看到标题为"小心"的布告中所讲的比赛的名称,想着这只能翻译成为"迁徙游戏",这种想法一袭上心头就令我颇受打击。

我们吃着饭,面对面坐下后就没交谈过。我也不出声,心想,这家伙肯定因我的呆傻而在生气,肯定认为我是个傻子而在自得其乐;但我能说什么,能讲什么呢?

快吃完的时候,仅仅是为了稍稍平息一下我的怒火,我带着嘲讽的口气说了句"您懂得真多!"他皱了皱眉,什么也没说。

不一会儿,我叫人来结账。我不会再谈别的了,下次再见面时连招呼都不会打了。

"晚上的时候在咖啡馆里我也问过,你参加比赛吗?"他突然问道。

"我不知道。"我回答道。不知何故,我还是在自己身上找到了远离的力气。

Dördüncü Masal

Korkusuz Kirpiye

第四个童话
对无畏的刺猬的讴歌

Övgü

致杰兰，
也致巴黎的魁伟男子弗朗索瓦·菲利亚特

"刚刚从街上经过的时候看到了一个人，他正坐在马路牙子上锉刺猬的刺。刺猬也真傻呵呵的，舒舒服服地闭着眼睛，像是在修指甲似的……"[1]

你们若要问我，我就告诉你们，我经常可以碰到菲亚兹的傻乎乎的刺猬。我不知道我们所谈到的这只刺猬是不是在马路牙子上转悠，这人也许是在别的地方抓到的它，比如说某个公园里。一定是在格林公园里抓到的，而后走上皮卡迪利对面的人行道继续朝上走，我们就当他在皇家学院那里停了下来，坐在马路牙子上做了那些事情。这真的是有可能的……我眼前浮现出这人怀抱着刺猬，从兜里掏锉刀的样子；一辆辆呼啸而过的汽车，对这种施虐

---

1 选自F. 卡亚江的一封信。

行为感到愤怒的英国人，在波涛深处哧哧笑着说要把这写信告诉比尔盖的菲亚兹……

当然也有没傻到那种程度的刺猬。然而，当刺猬被抓住夹在两个膝盖之间，明白过来已经走投无路之后，只能闭上眼睛等待这人的疯劲过去。在等待的过程中，偶尔，它也会睁开眼睛看看这人是不是要改变主意，接着在疼痛和羞愧中又把眼睛闭上了。

我的刺猬不是伦敦的，而是安卡拉的。在我看来，这安卡拉的刺猬并不傻，相反，我认为它是个胆大包天的、有攻击性的、勇敢的小东西。我夸奖的是这刺猬疯狂般的大胆……

不顾它刺猬的身份，在城市里筑窝，因而是勇敢的；一天晚上，它走出它的窝，想要去了解世界，因而是疯狂般的大胆……

照我的日历看来，现在已经进入春天了，但天气还是有点冷，夜晚的雾还是让人透不过气来。煤烟从烟囱里直向寒冷中冒去，把街道都填满了之后，就像水位不断升高的静静的水一样，直向羌卡亚[1]爬去。这呛鼻的、令人反胃的烟雾，十到十五年之后，其多样性会让我们大家都开心，也一定会让我们大家都死得奇奇怪怪、各不相同。我径直朝家走去，在烟雾中用手和围巾尽可能地护着鼻子护着嘴，多少能管点用。

---

[1] 羌卡亚：安卡拉的一个区。

突然，位于路左边的一个花园里，更准确点说，是一片半是花园半是准备盖房子的空地的地方，出来了一个什么东西。我看不清是什么，停了下来。它也停了下来。不是猫，不是耗子。我并不想吓唬它，它要是逃的话就会从人行道下到街道上，这个时间点，不少车子会闪着灯从他们认为没有人的这条路上经过，它就会被某辆车子轧死。我慢慢地，试探着靠近了它。我越靠近，那东西就越大，像是团成了个球似的。我朝它稍弯了弯腰，它没动；我又弯下了点腰。光线很弱，我的眼睛难以看清。最终我明白了。

这是只刺猬，不知道是从哪里蹦出来的。

我在它身边停了下来，一动不动。过了一会儿，团起的球稍稍扁平了一点，它伸出了鼻子；接着，它飞快地跑向街道。当跑到马路牙子上的电线杆底下时，它停了下来。我也开始悄悄地远离它。我要是朝它走去，它会扑到车子底下去的。最好还是我退后吧，我想。不管怎样，我想它会因为害怕路过的车而退回花园，谁知道呢，也许会退回它的窝吧。

我在心里笑着告诉自己，这是一只在安卡拉的大道上游逛的刺猬，是一只夜晚到街上溜达的刺猬。体型并不小，不可能是幼崽，也不可能是年幼无知、年纪轻轻的刺猬。这应该是一只成熟且有了一定年龄的刺猬。谁知道呢，也许是一只出来给它的崽子们找吃的而后迷了路的刺猬……这应该不是安卡拉本地的，而是一只外来的刺猬，要不然它不会到这沥青大道上来找吃的……或者，类似小江[1]所描绘的漫画书中爱上了仙人掌的刺猬；来安卡拉办事却忍受不住对仙人掌的思念而走上街头的一只刺猬……

说真的，这只外乡来的刺猬在安卡拉的大道上能是为了什么呢？而且还是深更半夜？

我想起了安娜·弗兰克所写的那美丽童话故事中的熊崽子。我想起了那只在由许多大腿、脚丫、鞋子构成的森林中努力寻找出路，明知其母亲会为其伤心却因为闷得慌，想要看看世界而离家出走的熊崽子。我在罗马的家中，午后的昏黄中，光线照不到的下方有个水龙头，关不住，白天晚上地流着。我就是听着这水流声以及睡午觉的一个意大利人偶尔发出的呼噜声，在一种另类的宁静中看完了那个童话故事。我在眼前想象着小熊在离我房子两百米远的大街道上转悠时的样子。要想避免对刺猬在安卡拉的大道上感到奇怪，难道就要写它的童话故事吗？

但我无法想象，"这只刺猬有兄弟姐妹，母亲忙于照顾它的兄弟姐妹而没有时间照顾它，这只刺猬一生气扭头就上街了"。因为我根本就没有兄弟姐妹……

说"它挨了父亲的打，因此离家出走"似乎也不行。这只刺猬已经大到不会挨它父亲打的程度了。

我无从知道，也无法理解。我回到家，脱了衣服，躺下了。而

---

[1] 小江 (Can)：人名。

后我把自己当成了那只刺猬，这么讲述了起来：

> 我母亲是一只非常聪明的刺猬。在我小时候，它和其他的母亲一样，总是在我身后喊着："别跑，别走，别走远，"但接着就会说，"快点长大吧，那时候你就可以去你想去的地方转了，就可以去逛逛世界了。"我也总想着会有那么一天，我会无畏无怯地去世界上值得一看的每个地方转一转，去看看非看不可的一切，也一定会看懂的。我就这样长大了。我长大了可还没等找到时间去逛呢，就有了老婆孩子，搬到离家三块空地远的地方筑起了窝。然而这种搬迁，这种在新家落户不能说不难，需要背着、护着孩子，不能饿着它们，需要在邻居们都说好的这个新地方找一个合适的角落筑起我们自己的窝，一路上我们面前时不时会出现猫啊、狗啊、耗子啊什么的，需要越过整整三条柏油马路、两条土路。这些都是搬家时的混乱，都是需要在忧心忡忡中及时解决的一些问题，眼睛里看不到世界；这种，是不能称之为游逛的……
>
> 孩子们长大了，新的出生了，它们也长大了，又有新的出生了。我一看，我要顾不过来了。眼睛已经看不见了的母亲托游逛的刺猬们捎来的消息越来越频繁了。前不久我就出发去看我母亲了。虽然

找到了它们家，可原来的地已经变成了一幢大房子的小小的花园了。它们还住在原来的窝里，却痛苦地抱怨道："满园子都是猫和狗，我们都不敢向外探出鼻子尖。"我则跟它们讲，我们那块地还没有这些。它们都很羡慕。它们为那些向我们推荐了那块地却在为这房子挖地基时被抓住杀死了的老邻居们作了祷告。在讲到邻居们被杀死的过程时，母亲无神的两眼流下了泪水。"他们要是吃了，我也不会心痛，"它说，"他们总想吃我们刺猬，把我们杀死，切成块。我们已经习惯了。但他们没吃。他们还有什么可以再杀的？而且他们是用锄头杀的，砸成一块块，扔进了他们挖的土里。而后那些土就从这儿被人拿走了……"

有一阵子，它们也不是没想过跟我走，摆脱这种担惊受怕的日子，至少可以和孙辈们一起舒舒服服过完最后的日子。但我母亲说："我这又老又瞎的样子，哪也不去，一路上会成为你们的负担。"它放弃了。我在它们身边也不能超过三天，需要回家，有点害怕，担心人类也会在我们家那块地上盖房子。我上路了……走了……

而后我又恢复了自我，睡了过去。

第二天，我想起了刺猬，心想，谁知道呢，也许它在哪儿被人吃了，又有谁知道呢，也许你会发现它回到它的窝里了。然而，我躺下后，在以刺猬的口吻编的故事中，时间安排得并不好……它是从那半是花园半是建房空地的那个地方出来的，不知为何，我感觉把这个地方考虑成它的窝的所在地要更好些。这样一来，刺猬就不是回它的什么窝了，它只是刚上路，它还没去看望它那年老眼瞎的母亲。还有就是后来所讲的，把想着要去周游世界而度过了童年、青年时期的刺猬的旅途、出游说成了去离它家三块建房空地远的母亲家……此处我本来就觉得有点不对，我居然设想成了它没把搬家算作出游。但这次写这趟旅途会够吗？还是不太合乎情理。它带着一定的目的踏上了旅途，寻找目的之外的一些东西……我是瞎说的。我大概再也见不到那只刺猬了，它的故事也就这么中断了。只是，在大街上游荡，可能会是一个令人半信半疑的童话故事。我想，再也不会有刺猬出现在我面前了，而我却成为一个见过夜里在安卡拉的大道上游荡的一只刺猬的人，这就是我的所得，我认为这就足够了。

但我居然还会再见到刺猬。

那是四天后的夜里，我在家里坐着。天气稍微转暖了，冲着花园的门开了条缝，屋里的香烟烟雾浓得远胜外面来的煤烟。我们有七八个人，商谈讨论着书、文章。突然，街上，电灯底下，邻居们中的一家意大利人站在那儿看着什么，引起了我的注意。他们弯下腰，看着，站直身子交谈着，又弯下腰，又在那儿看着。

我起了疑心。我的猫在外边，是它出什么事了吗？我到了花园里。老年妇女和年轻妇女站在稍后的地方看着,年轻妇女的丈夫则拿着一根长长的棍子在地上做着什么。用棍子的一头做的事情在墙后面,我看不到。我等了一会儿。"好了。"过了一会儿年轻妇女说道。老年妇女点了点头。男人,就像做了件什么大事儿似的,挺直身子,手叉上了腰。他们还在看。而后,三人同时被吓了一跳,有什么东西跃上了墙,停在了那儿。我和他们一起看了看,这是刺猬,大概就是那天晚上的那只刺猬。我作出了判断,历史书上从没记载过两只不同的刺猬相隔四天出现在同一小区。我的故事也只有在这种判断下才能写下去……年轻妇女对老年妇女说:"把您的披肩给我,妈妈。没别的东西可用了……我们要把它缠起来系上。"男人不停地在用棍子捅刺猬;让它缩成个团,让它留在原地,不让它逃走;而后又用棍子捅,捅着捅着就把它仰面朝天翻了个个儿。这样一来,他们很轻松就可以杀死刺猬了。显然,他们刚才想做的就是这件事。为什么要杀死它呢?我大声喊了起来:"放开它!请拜托[1],放了它吧!"我的声音应该是很怪异,两个女人看了看我,男人,犹豫着又用棍子碰了碰动物。年轻妇女,"好吧,好吧,仁佐,快把它放了。"说着她挽起了老年妇女的胳膊,朝我这边看着,走了起来。男人也走了,不情不愿地迈着步子。"可惜了,"他说,"可以炖很好的汤的!"我吃了一惊,我没想到过刺

---

[1] 意大利语:*Per favore*。

猬汤。他们走远了。我在他们身后用罗马话骂了一通。他们没听见。我很高兴。走上城市街头的一只刺猬,不值得互相骂脏话。他们又去哪里知道我和这只刺猬交上了朋友?

察觉到危险远离了,它先是四脚朝天在墙上挣扎了一下,接着放弃了挣扎,不知它怎么做的,总之它从墙上滚了下来。它应该是摔了个嘴啃泥,像闪电一样,在灯光下跑向对面的人行道,消失在了眼前。

我们聊了聊刺猬,我也讲了那天晚上碰到了它的事情,话题转向了其他方面。

这是值得去书写的一只刺猬,今后也是可以写的。显然,它在周游世界,会遇到各种各样的事情,值得人去写一篇刺猬传了。

也不知道是因为看到它靠近了路尽头的汤锅还是什么原因,那晚我就不想把自己当成刺猬了。我想,刺猬传不是这么写的,也没去深究这一判断的两种不同的含义就睡着了。

几天后我在写给弗朗索瓦的信中说了刺猬的事。巴黎小孩,不管怎样,还没去过非洲。我不知道非洲有没有讨喜的刺猬,也不知道非洲的刺猬晚上是不是也会在那里游逛,但我还没见过也还没听说过在巴黎有刺猬在大道上迈开步子走。"那你写一下呗。"他回信说道。

写一下当然好了,也是一件令人愉悦的事儿,但我必须确认一下,刺猬是如何看世界的?如果它是回了家,回了自己的窝,那么它会讲些什么?

我想了想，作出了决定。刺猬会讲述这些事情：

  上了路后我就抑制不住了。什么时候我才能再找到这样的机会？后来我终于明白了，这样的游玩才有滋有味。一方面有人类留给我的疼痛；另一方面，还有着再不情愿你也必须要回到家人身边的归宿。除了所有的这一切，则还有道路、开阔地、世界……你不是在花费时间，而是在努力地用每一段记忆填充时间，再者，不管路有多绕，你是在回家……好吧，我说了这是机会……我知道我再也见不到我父母了。和它们在一起的三天三夜，我害怕得睡不着，连出去透透气都不行。外面成了世界上最危险的地方。也许，不是也许，是一定，某只猫，某只狗，某个人，某一天会发现它们，会抓住它们，把它们撕成碎片。要么吃了，要么扔进土里让人清理出去。即便不发生这些，这么担惊受怕地活着，它们疲惫的心脏也会停止跳动。哪怕我想再去一趟，也不会找到活着的它们……

  我决定不直接回家了。本来，在我出发的那天晚上，也就是我从家里出来的那天晚上，我没有朝后面的建房空地走去，而是上了前面的大街。这样一来路途就延长了半个晚上。本该在月亮还没升起前到我母亲家的，却在天擦亮时才到，为此全身里里外外都开始疼了起来。我并不知道我在母亲家附近度过了多么大的危险，但它们的心却提到了嗓子眼，它们抚摸着我，哭个不停。路上有人，有时隐时现的汽车，有照得我两眼什么也看不见的灯光，有令我晕头转向的轰鸣声。我在这条街上绕了很远的路，最终，我明白了这里并不适合我，因而又穿过树林、灌木丛、篱笆墙下到我母亲家去了；但我不想走同一条路回去，尤其是同一条街。一方面是因为害怕那条大街，另一方面是因为我想看看其他地方；但刺猬无法知道真正的危险在什么地方。在你以为危险的地方却什么也没发生，而在你以为是母亲家的那个地方及其附近地区，却到处都是排队等着杀刺猬的生物。我本要到其他街道去一个个地认清我所有的敌人的。要是他们攻击我，杀了我，那我就无法回到你们身边了，而你们也就只能自己照顾自己了。当然，我并不是要奔着危险去……我会躲着走的；但当我面临死亡的时候我会保护自己的，必要的时候，我会进行搏斗的。

  对于我们刺猬来说，要在这个世界上活下来

很难，对于别人来说应该会容易得多。狗啊，猫啊，它们在这方面根本没有任何问题！谁会去攻击它们？它们从谁手里逃不掉呢？好了，这就不多说了，我们刺猬是无法了解这些东西的……

我说的都是真的。我爷爷讲过的一个童话故事里有一个叫"大海"的东西，说是像水一样的一种东西，就挨着陆地，是世界的尽头。我爷爷也没见过，它也是从它爷爷那儿，从它爷爷的爷爷所讲的故事里知道的。那好吧，我想，走着走着我能不能到这世界的尽头？能不能看到大海？这当然是个疯狂的念头。谁都没见过的东西我去哪儿见呢？再说了，它要是就在这附近，我们会从游客那里听说的。这念头很疯狂，可也是希望……当然，我没遇到这样的东西，我也不再指望遇到了。我也把从我爷爷那儿听到的故事讲给我的子孙们听，只希望它们中的某一个，它们的子孙们中的某一个，有一天会到达那里看到它。这是说不准的事儿……

行了，我就不多废话了。我刚说到时隐时现的汽车……我知道，我必须躲着它们，面对它们什么也做不了。我去了一条汽车少的街道。有三个人把我堵在墙脚下。和所有的刺猬一样，我也是有刺的。我缩成了一个圆滚滚的球，张开了我所有的刺。不知道是不是因为这些人身子高大，他们不怕我的刺。他们用一根棍子把我撂翻在地，我躲开了，他们又做了同样的事情。他们的嘴很小，而且长在很高的地方。我弄不明白他们怎么吃我。我想起了母亲讲过的。难道他们要把我碎尸后扔了吗？而且他们还是三个人，这么大的躯体，靠我怎么填饱肚子？我想，他们要么是想吃掉我，但他们相互之间会翻脸的，我可以在那个时候逃走，要么他们把我杀死扔了。那样的话一切也就结束了……可他们就站在那儿捅我，没做别的事情。我开始想，也许是我的刺起作用了。我不知道怎么办。而后有人大喊了几声，堵我的那些人走了。我面前出现了一个人，应该就是他喊的。其他那些人应该是怕了才走的。"完了，"我想，"这人要吃我了。"我等着他们相互之间翻脸，却出现了另外一个人，而且这人嘴离我还要更近一些。那些人把我弄得四脚朝天，我挣扎着。难道我装死，那人就会放弃吃我吗？我怎么知道这些人是吃活的，还是吃死的？而且万一这人也是那种杀了就扔的人呢……这人把其他人赶走了，由此看来，他应该是个很强大的人。

我等了等，心都跳到嗓子眼了，在地上一动不动。他走得越来越快，显然，他是准备突然扑向我的。我怕得要死，窜到了一边，跳下来就跑了。

后来我停了下来，想了想。这人并没有立刻攻击我，肯定不是因为他吃不了我，那就是他不喜欢刺猬。即使不喜欢刺猬，但是也不想让别人吃我。就像有人把虫子杀了，自己不会吃，也不会让别人吃，就像他一样……

再后来，说真的，我转了很久，逃过了很多人。并不是所有人都杀刺猬，这点是可以看出来的。他们当中有不喜欢刺猬的，可是他们并不都敌视刺猬。但怎么去确定谁这样谁不这样呢？

我长有刺，生来如此。有人靠近的话，我就缩成个圆滚滚的球。靠近我的不管是猫也好，狗也好，人也罢……我就是想不明白人。看不到他们的爪子，也许他们根本就没有。而且他们的动作要比别的动物慢得多，也正因为如此，我才无法判定他们要做什么，在他们面前，我才无所适从。他们身上和我们不一样的某个部位有种力量，像是武器，或者像刺，但我找不出在什么地方……我只能说，当有人靠近我的时候我会缩成圆滚滚的球，会张开我的刺——这是我唯一知道的，是我唯一确切知道的。我们刺猬是这样的，活着的时候如此，死的时候也是如此。要是我们的命够长，我们也许能学会及时张开我们的刺。你们应该还记得，这里曾经有一个我们的邻居，它说，张开刺之前必须要等待，还没弄清楚来人是朋友还是敌人就张开刺是要被当成老脑筋的。对于它说的这些，我曾经也信了。奇怪的是我现在还相信。去年刚入冬的时候在那只凶兽牙齿间晃荡的血淋淋的尸体，在我看来也证明不了这种想法是错的。它实际张开刺的时间也许比它该张开刺的时间要晚很多，也许没有很好地计算好时间；而且凶兽，你们也知道，跟我们所知道的生灵一点也不像，应该是从外面来的，因为我们再也没见过，既没见过它，也没见过跟它相像……我刚说的那只凶兽，也许比我们所知道的所有敌人更狡猾、更凶狠。我们刺猬要时刻做好准备，但也要听听我们邻居的话，不能把全世界都当作敌人。我们不知道我们有没有朋友。为什么？因为我们甚至都不曾对此感到好奇过。只要有人靠近我们身边……我之前就说过了……我现在还回答不了这个重要的问题，但我所知道的是：我们必须少一点害怕。要想少一点害怕，那我们就要出去转，出去游逛，去面对真正的危险，找到方法去摆脱危险。出发的时候我以为我只会遇到敌人，可我也遇到了不少朋友。我们任何时候都能有时间去认清楚朋友吗？我也知道：我们没有那么多的时间。但我们和一条狗一起走过了一条街。起先它来了，嗅了嗅，我把刺刺进了它的鼻子。它停了下来。我也探出脑袋，看了看。它没攻击我。我走，它也走。而后它跑了一段，又等我跟上来。后来同样的事情也发生在了我们和猫身上。我们和它一起沿着街道走了半条街。我想说，它们一定会攻击吗？没有这样的事儿。在我为挑战敌人而走上的这条路上，我了解到这里也是可以找到朋友的。这全取决于你是否能计算好时间……

刺猬的这些啰唆话让我烦透了。它说了些事情，而且还是值得听一听的事情……只是，它成了一只喋喋不休的刺猬……出乎我的意料。要是连幻想自己增长了阅历都让它变得如此话多……我都不想去设想其他的了。我很长时间都不去想它了。过了很久，我开始稍稍有点喜欢上了它的唠叨。它刚从旅途中回来。它遇到了一系列的事情，很激动，在根本活不下来的情况下突然又变得可以充实地活着了。经历了这种跌宕起伏后，剩下的它还能找到什么其他的吗？还能有其他什么想法吗？

我又竖起耳朵听身为刺猬的我讲故事。我的刺猬变老了一点，刺尖都发白了。它把子孙们叫到了跟前，讲着些什么。我竖起耳朵听身为刺猬的我讲故事：

> 我去了许多不同的地方，它说，吃过各不相同的虫子，闻过各不相同的味道。有些地方的土软，有些地方的土硬；你们也许会说我们都知道。我本来也没觉得我在说些新鲜的东西。只是，我经历了这些。我也希望你们去经历一下……不废话了，我想就此结束我的旅程，决定走最近的路回来。回到了这儿。你们的母亲，你的父亲，你的哥哥，那时候都还小……我已经知道了什么是害怕，也多少可以确定要害怕什么。因此，我内心已经有了一种无畏感。此后我没再去什么地方，今后我也不会再去了。就在这块地里，就在这块地周围转转，等待死的那天。要是有人来找我，不管是朋友，还是敌人，就让他来吧，就让他在这块地里，在这块土地上找我吧。这里是我的家园，我们可以在这里搏斗，可以在这里握手。在这里我不会那么孤单，不管怎么说，我更了解这里……

刺猬应该是这么说的。

**1968
—1969**

> 霍布斯曾说过:"我生活的唯一激情就是害怕。"……如果摘录或翻译中没有错误的话,这是很有意思的。

Dördüncü

Masala

E 附 K

对 螃 蟹 的 讴 歌

Yengece

Övgü

致
居内特·屠莱尔

(我可以这么说:

我朋友应该是意识到三脚桌上的螃蟹引起了我的注意,

——我跟你说过这只勇敢的螃蟹的故事吗?他问道。

我回答说,关于螃蟹,特别是关于勇敢,到那天为止还从没和他交流过。对此,他拿起了螃蟹的背。我以为的这只被涂成黑色的小小金属螃蟹雕像,居然是一个精雕细琢的盒子;盒子里面放着一只蟹螯的钳……

我朋友盖上盖子,讲起了故事……

你读吧,这会是一种不一样的东西。尤其是,虽然这种讲故事的方式从银币流通之日起到今天已经过了百年,即使在今天,仍有许多读者认为"讲述"某种东西的文章,其唯一可行的方式就是这种,而我也一直让许多这样的读者感受到了愉悦。但昔日的光景还能再现吗?

我也本可以这样讲:

> 居内特用力盖上了螃蟹形状的铁盒子的盖子。那些天里,各条街道上,横穿街道拉起的布上,从上到下盖住大楼的布上,都可以看到"癌症周"的宣传口号;两边用大大的螃蟹框起来的口号……不停地重复着没有更新而早已失去了口号作用的口号……找一些新词要花很多钱吗?

每一次重复,会削弱词语的力量吗?我们也可以反过来问这个问题:每一次重复,可以增强词语的力量吗?我们什么时候聚在一起时,就谈谈这个问题。

可以看到,"新"在任何时候都是对的,怎么着都是对的,在某一时期的精英头脑们看来,这几乎就是毋庸多言的事实。是什么使"新"成其为新呢?这我们也来谈谈……

> 大概是三十五年前,当时我老师在给我讲什么是癌症。"这是像螃蟹一样的东西,"他说,"慢慢地吞噬人的肚子、肝肺……"在那个年纪,我不知道一种意象

会有多么地骗人。而且我也非常喜欢吃螃蟹；然而我在岸边用鱼竿钓到的、跑掉的或者听从"你要拿它来做什么，还是扔回海里吧"之类的话放在栈桥木板上用手指弹回大海的，一直都是螃蟹仔……

我还可以这么说，采取一种人们早已习以为常却被贴上了新标签的讲故事方式而让相当多的人对此嗤之以鼻。

昨天来了一个我以前的学生。说是晚上在梦里见到我手里拿着一本咖啡色封面的书，是我写的书，被译成了法语，他还记得书名："*Pauvre Mort*"[1]……你怎么看？这样的一本书现在应该写吗？一只死螃蟹顺水飘去的……

鱼肉铺的案板上放着的塑料盒的白色，彻底展示出了里面水中的脏东西。螃蟹，不知为何还在硬撑着；但很显然它快饿死了。水那么脏，很大程度上是因为它。它的嘴不停地在动，笨重得像石头一样停留在水中间。"嗨，快给它吃点东西吧！"我对孩子们训斥道。"它怎么着都要死的，"他们说，"我们给它，它也不吃。"我坚持让他们喂点东西。他们正在那里宰杀竹夹鱼，往螃蟹面前扔了两条鱼的鱼鳃。一下子，它就像是一台恐怖的小机器一样，发动了起

---

[1] Pauvre Mort(法语)：不幸的死亡。

来，抓住鱼鳃就吃掉了。第三对鱼鳃它没吃了。好多天以来，干鱼鳃一直就挂在玻璃跟前。今天我又看了看。螃蟹和死亡之间的这种完美重合，是为什么呢？）

●

太阳位于巨蟹星座。

> （也就是在你的手里，或者在你的家里。说实话，这也挺相配的。）

太阳位于巨蟹星座。螃蟹在岩石底下，在石头底下，在底下，在底下。居内特则在岩石上头。就是这样。

> （事实上，标题"对螃蟹的讴歌"应该放在这个位置的。然而，就是因为习惯，我把标题放在了开头——为了贴近"对无畏的刺猬的讴歌"——两年前，居内特就给我讲过他亲身经历的这件事。是在一月份，在太阳位于摩羯星座的时候，在家里的时候，在我手里的时候。）

太阳位于巨蟹星座。螃蟹在石头底下。

我们所说的这只螃蟹，来自凯科瓦。在阿拉伯港的水中，因为个头超大而引起了大家的注意，一位潜水员费了好大劲儿把它捞了出来，放在平平的岩石上。这是个身具蓝绿色波纹的大家伙。人们围在它的周围，看着；胆子够大的人把它抓在手里。居内特就是其中一个。他抓着螃蟹身上能抓的地方（那个地方应该，也应该可以称之为腰）拿了起来。但螃蟹，不知为何——也许是某种应该很容易理解的原因——不喜欢这种被举着欣赏的行为，它伸着后腿，寻找着把居内特的手腕划出血（怎么能把我们所说的癌症看成是跟血不一样的东西呢？）的办法。事实上，它的挣扎一点用都没有。被这么抓着的螃蟹，根本不可能用螯钳夹住抓着它的人，也不可能逃脱掉。但螃蟹，并不仅仅只是用螯钳努力做着不可能成功的事，还在尽其所能地向后、向侧方伸着后腿，毫无目标地挥舞着，努力想让抓着它的人放手，一边还发出刺耳的声音。

居内特，并不是那种喜欢让它继续保持这种愤怒、把自己当作神的人；他立刻把螃蟹放进了大海，而后躺在岩石上晒起了太阳。

他是趴着躺的。太阳位于巨蟹星座。螃蟹，大概，就在石头底下。一定在底下。居内特在太阳光下晒得昏昏欲睡。

突然他听到附近传来了刚才的那种愤怒（第一次，应该就是在这儿感受到了什么是胆大）的声音。他睁开眼睛，把头扭向了声音传来的方向，与在两拃远的地方站着的螃蟹四目相对。(有种说法叫人与死亡四目相对[1]，那为

---

[1] 人与死亡四目相对：意指面临死亡。

什么不能说人与螃蟹四目相对呢？）的确是四目相对。双方都非常清晰地发现了对方。他们互相看着。螃蟹发出的声音刺耳，充满愤怒；居内特明白了，螃蟹从海里出来，爬上岩石，要攻击他。螃蟹站在那儿，像是在积攒力量；（是勇敢无畏呢，还是骄横跋扈？是疯了似的逼迫对方做恶人、做恶事？而后再喊着叫着抱怨？）它的怒火汇聚在它的后腿上、它的螯钳上，越来越大。显然它马上就要扑上来攻击了。

居内特在岩石上撑起身子，坐了起来。现在螃蟹来到了刚刚居内特的头所在的位置。

一个，从高大个子的最顶端（眼睛在什么位置，最顶端就在什么位置），另一个从离岩石一指高的地方，互相对视着。螃蟹再次向前（前方是居内特；没有别人了。现在居内特是世界上唯一的一个方向）扑了过来。

在居内特看来，这是一种互相之间的交谈，一场交谈式的对决。

螃蟹的面前，有敌人（是它选择的敌人呢，还是把它当作敌人的人呢？）。它必须把他打倒。面前的人也并不是比它强的生灵 (应该不是)；他也同意了当它所选择的敌人。

（人们常说，你的星座所代表的东西，总是希望有人保护它们；让他们保护去吧，让他们关照去吧，让他们恭维去吧……——是啊,就让他们恭维去吧……——据说,之后巨蟹座的东西就会不停地攻击那些保护、关照、恭维它们的人;会制造攻击的机会,必要时会制造借口……)

居内特,肯定会寻求公平一战。(也就是指动物赤裸着身子。)要不然的话,螃蟹所做的,可能会让人觉得实际上就是想自杀,或者——意思一样——让人把它杀了。

据居内特讲,螃蟹并不是对别人所做的事情生气、发怒,而是对居内特的某个举动生气、发怒。

这种有损螃蟹自尊的污点只有战至一方死掉才能清洗干净。敌人的个头大小无关紧要。必须有一方死掉。

(人们常说,巨蟹座的,它们的一种办法就是,让人生厌,让人厌烦;不停地等待别人失去耐心而满足它们的无理要求。这要等到什么时候?)

螃蟹被棍子捅着掉进了海里;围在居内特周围的人,携起手来阻止着螃蟹,想让它停止这种疯狂的举动。开摩托艇的年轻人,也就是潜下水把它从水里捞出来的小伙儿,试图给它头上一棍子来结束螃蟹。(我创造的,我就可以杀了它。从外乡人到作者,大家都认为这是最基本的权利之一。能随随便便说他"错"吗?)但开摩托艇的年轻人被拦住了。

螃蟹一次又一次地从它被捅下去的地方爬上来;(也许变得有点傻头傻脑了。难道很多人都是这种想法吗?)它在人群中一次又一次地选中居内特,找到居内特,展现出明显的要攻击他的愿望,为此作好准备。(这是想掩盖它的不自信吗?)

(你肯定是已经厌烦了……人们常说巨蟹座的,不是因为它们的想法,而是因为它们的行为令人生厌,才会让人对它们变得冷淡,才会让人对它们敬而远之。它们试图用勇敢来掩盖它们自我感觉到的不自信。然而它们为什么不自信呢?至少表象上——仅仅表象上,只有表象上……归根结底,应该是它的壳的厚度起到了某种作用——人们想不出其他任何理由。)

人们在那儿看着,越来越想要它的命了。

螃蟹再一次从人群中辨认出了居内特,选中了他,朝他扑去。正在此时,开摩托艇的年轻人手里的棍子落在了它的头上。"噼噼啪啪"声中,螃蟹背上显现出了一块凹进去的棍子印。那蓝绿色波纹的背已经不是原先那样了。居内特,没能及时喝止开摩托艇的年轻人的举动,看上去很伤心。他的双手,他的双脚,他的脸,种种迹象都透露出了他的懊悔。

螃蟹现在在水里，在破碎的阳光下，在岩石下方的一个坑洞里。小小的波浪，时不时地，灌满坑洞，又退去。螃蟹一直都待在水下。在那些孔眼和螃蟹之间，水变得浑厚，泛起泡沫，而后又消散变得清澈，给人感觉像是一场游戏。(此刻又有谁会关心螃蟹呢？）然而，这小小的波浪却是在给除螃蟹以外的世界充当着信使。生死消息的信使。往四周散播死亡的气息，告诉活着的人他们的寿命；把成百上千的海蚂蟥冲出洞穴，冲出石头底下。

海蚂蟥围住了螃蟹，三三两两地攻击着它。螃蟹，艰难地，带着最后的骄傲一跃而起，早已控制不住动作的幅度，努力地驱赶着它们，不让它们靠近；它并不知道它正不停地散发着越来越多的死气，吸引着它们的正是这种气味。

（我想说，说到自己亲手残杀自己——也有利用别人来残杀自己的……那句电影台词我以前跟你说过很多遍；瓦莱利安·博罗夫奇克[1]创作的《布兰奇》[2]可以说是对此的一

---

1 瓦莱利安·博罗夫奇克，超现实影像的法国情色大师。1923年出生于波兰波茨坦附近的一个小城。后入卡拉克夫美术学院学习绘画，因他在电影上的突出表现获得国家奖金，于1959年定居巴黎。一生拍摄了40多部短片和12部长片。2006年因心脏病突发在巴黎逝世，享年82岁。

2 博罗夫奇克的作品《布兰奇》(1971)的背景为中世纪，以尤利斯·斯洛伐支奇（Juliusz Slowacki）的诗作为蓝本。本片以强硬的姿态，将一本古里古怪的故事书细腻而真实改造成了一个极端暴烈的悲剧。在1972年的柏林电影节上，本片获得了国际联盟大奖。

个很好的例子——不应该为了能够赋予其价值，就把这种行为，非常隐蔽地，戴上面具，打扮成意外或者疯狂、绝望所引发的极大痛苦。长也好，短也好（我想到了德希厄·拉·侯歇勒[1]），必须有个理由，这种事情必须要这么做。（看看《群魔》[2]中的基里洛夫[3]吧；这么多真实的东西——也就是发生在人们之间的，人们亲眼所见的，人们伸手可及的——除了作家、艺术家、知识分子以外。）有一天，奈尔密·乌古尔说："走上自杀之路，就是让自己被一个封闭的系统俘虏。"我们探讨着……"然而生活，就是时刻让系统保持敞开，就是让系统时刻准备好发生改变……"我不知道，人，活着的同时，就不能拒绝开放的系统吗？通过这种消灭自由的、单一的、难以悔改的行为，就不能战胜后悔、分离、自由吗？）

螃蟹（没有展示出动机。也许因为它不是人。按居

---

[1] 德希厄·拉·侯歇勒（Drieu La Rochelle）：法国作家。
[2]《群魔》：陀思妥耶夫斯基的一部长篇小说。
[3] 基里洛夫：《群魔》中的一位主人公。

内特的说法,"它那受伤的自尊",或者客观点来看,"它的侵略性",都不能称其为动机……我们也很难理解人的这种举动)现在在一大片海蚂蟥群的身后,挣扎着肢裂开来,海蚂蟥群就像散落开来的、跳动着的一颗心脏似的。至少,我们从我们所在的地方看到的就是这个样子的。

最终,螃蟹心想事成了。

居内特不忍心让它成为蚂蟥一丝丝一条条的食物。

他从原地冲了过去,从水里一把捞起螃蟹,就把它撕裂、掰碎;用光脚后跟碾碎。

居内特把螃蟹掰碎、撕裂、碾碎,扔进水里。海蚂蟥还是要吃它,但它们的争斗,或者说,它们的娱乐却已经结束了。顶多只能是它们相互之间的争抢罢了。

居内特把一只蟹螯的下钳留了下来,带在身边当作纪念。

●

这就是,漆成黑色的、螃蟹形状的金属盒子里的蟹钳的故事。

**1973
/1975**

5

电影换了。我本想从影院出来后去甜品店吃冰淇淋的,见他也朝那儿去,我就回宾馆躺下了。

第二天上午,我逛了逛剩下的可逛之地,在一家小小的饭馆里吃了几口东西,去了旧宫殿后面的一个花园,这个花园在旅游手册上说是值得一看的。三个饮水处,羊肠小道,大大的喷泉池,跟旅游手册上说的一样。而后我坐在一棵树下看了会儿书。我竟然睡着了。

他在一棵树后看着我,我面前的一棵树。这像是一棵橡树,但由于树叶长得太高,或是由于我半睡半醒之间还睁不开眼睛,因而我无法根据树干就肯定它是橡树。

当他从树后出来,朝我走来的时候,他不是在微笑,完全就是在笑。两眼散发着绿绿的光芒,嘴角叼着一颗发黄了的鼠麦穗,来到我面前。他揪下麦穗塞进了我的头发里,蹲在了我面前,时不时地揪着嘴里嚼着的麦秆。他的绿衬衣敞着怀,黝黑汗毛之间,一只小小的磨得锃亮的银猎犬[1]

或者狍子

或者弯曲下长长的腿坐着的任何一种动物

在那挂在脖子上的链子上晃荡着。

发现我看到他了,他又笑了,开始择起了挂在裤子上的带刺的种子。

"这个花园里我最喜欢的就是能够亲眼看到水哪怕是在池子里也在流淌。"他说。

花园里没有风,树叶、草似乎都没有发出一点声音。四周仿佛是绿色的,黄颜色还没来到这个花园。

他就像是在背诵我来之前在旅游手册上看到的一句话:

---

[1] 此处为句中断行叙述,非排版错误,文中诸如此类情况不一一注明,请读者知悉。

"十八世纪中叶,旧宫殿前的场地开始修建成如今这个格局的时候,在宫殿后面的花园里就专门为'迁徙游戏'建起了一片场地。"

"这个比赛的规则中的一条是,君主要坐在宫殿门前指挥参赛的人员。鉴于此,宫殿后墙上专门搭建了向外延伸出来的房檐,以便君主能在下面坐着……"

这些话书上是没有的。也许是我看过却忘了。他的声音,是一天前在咖啡馆里坐着的时候给我讲比赛

开始讲

的时候所用的声音,很冷,像在读书一样。

但他所说的这些是我之前没听到过的。

"这个比赛有两百年并不是在宫殿前进行的,而是在它对面进行的。您还没见到那块场地,很不错的,即使您不参加比赛,您去看一下又何妨?"

我仿佛忘了自己还在生他的气,忘了自晚上起就一直在躲着他。我听着,微笑着。我唯一做到了的,就是没有说出"我要参加"。

我站了起来,走了,看也不看后面,朝着我以为那块场地应该所在的地方。走了一会之后,我突然来到了一块大大的林中空地。这块场地,比我设想的要小。那些箱子,在外圈的,直径只有一大步子大小,越往里越小。我走了过去,站在第二排中间铺有黑色大理石的箱子上。是卒子的位置。我抬头一看,他就在我对面,站在最外侧的半圆上,站在"后"的位置上。

"您很抗拒,"他说,"但您还是进了比赛。"

我盯着他看了看。我们俩人都不再微笑了。

我走了回来,又躲到了树下。

醒来的时候,天正在黑下来。

Beşinci

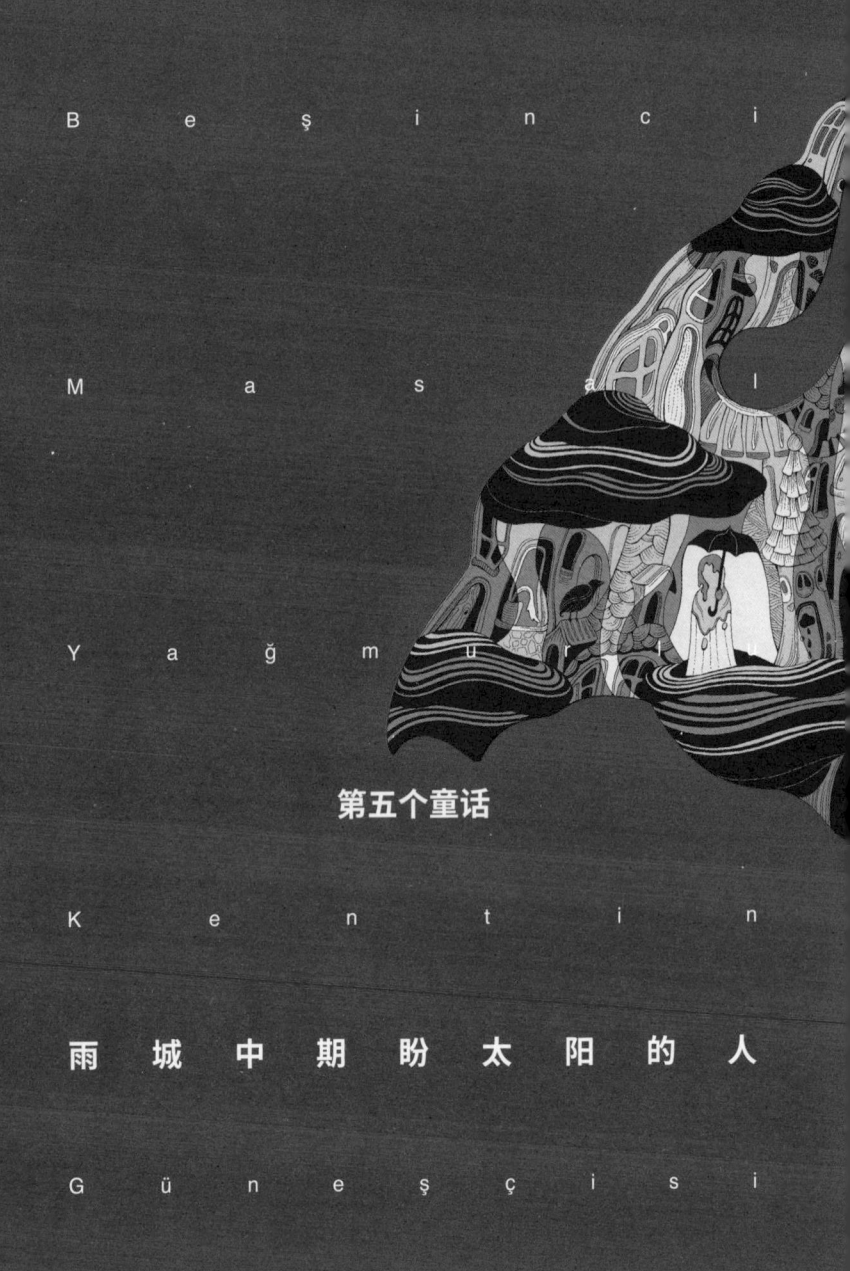

Masal

Yağmur

第五个童话

Kentin

雨城中期盼太阳的人

Güneşçisi

致
六岁的阿丝乐

窗下站着一个干瘦孱弱的男子。窗户是关着的，玻璃上满是水痕。从外往里，可以看到男子的脸上布满了皱纹。他仰着头，望着天空。然而天空中却什么也看不到。

的的确确什么也没有。因为这个国家每天、每晚、每个早晨、每个傍晚都会下雨，从不停歇，不急不缓，雨水成丝成线。天空一片铅灰色，没有一丝一毫的变化，能有什么可看，又能看到什么呢？

大街上的柏油路，巷子里的石板路总是在雨水中闪耀着光芒；墙上总是干干净净，墙面却是暗淡无光；窗框的两个上角总是往下漫延着一道道烟垢，像是人的两撇胡子；屋顶的房瓦总是那么铿光发亮，像是打过蜡似的。要是顺其自然，花园本都该会是葱绿满园的，却不知为何，雨水总是把烟囱里冒出来的烟雾覆盖在了这片片葱绿之上。

居住在这座城市里的人,从出生到死亡,都只知道天空和大海只有一种颜色,只有从见过世面的人那里才能了解到天空还可以是蓝色——深也好,浅也好,都是蓝色——的,大海也可以随之变成各种色彩,从深蓝到浅绿,人能想到的各种色彩,甚至可以是红色、紫色、黄色的。而且,据这些人所讲,其他地方的白天,天上还会有耀眼夺目的黄色——有点黄,有点白,有点红——太阳,夜里还可以看到月亮和一簇簇各种各样的星星。没有离开过这座城市的人却从没有见过这种太阳,也从没见过月亮和星星……虽然他们也在学校里学到了太阳照亮了白天,但他们的白天,就和他们的天空、大海一样,是铅灰色的,更确切地说,有点像铅灰色,有点像土灰色。

在这座城市,人们只有在海船上才能看到色彩。小舢板、货运驳船、大货轮,漆成一道道黄、红、绿、蓝、紫等能想到的各种颜色,就这样驶入大海。

由于雨总是下个不停,因而猫啊,狗啊,特别是鸡,从不在外面闲逛。怎么能出去闲逛而把羽翎淋湿呢?当然也有没脑子的猫、狗、鸡,它们会出去,会淋雨,而后就会得病,卧床不起。有这么一群喜欢在雨水中游玩的鹅,十只一群,二十只一群,摩肩接踵,随处游荡,就像是即将触地的长脚的一朵云。在这朵云之上,它们长长的脖子就像参天的白杨一样摇晃着,它们的喙一张一合,仿佛并不是长在这些脖子上的似的。但鹅群零零星星,并不常见;而屋檐下，墙根下，一脸郁闷蹲坐着的狗啊、猫啊却有很多……

在这座城市，由于人们上街都要打伞，且在街上的时候总是撑着伞，因此大街上的地面和天空之间，就仿佛拉起了一块一人多高的波浪起伏的遮布。这块遮布只有在公交车、电车的车门处，住宅、商铺、办公楼的大门处，才会收缩紧绷，被吞没，就像被塞进了两片嘴唇之间，上下颌之间，两个轧辊之间……

也还是相同的原因，每家每户都有放伞晾鞋的小隔间，小隔间里还有小水槽，便于积水流淌出去。

更为重要的，还是相同的原因，人们早上醒来，不会像住在其他城市里的人那样，激动抑或郁闷地跑向窗户，跑向关闭着的窗板，跑向百叶窗，去看一看今天天气怎么样；也不会像住在其他城市里的人那样，躺在床上，看着窗帘透过来的或者从窗户照在墙上的光线，有时倾听着车轮的声音，试图以此来判断是在下雨呢，还是在下雪，天气是干燥呢，还是晴朗，甚至连这种念头都不会动。生活在这座城市里的人，都知道天会下雨，因此既不会看光线，也不会听声音。自他们出生以来，所有的这一切都没有任何改变……

这座城市的人们，在天气的问题上，既没有期待，也没有失望；既不会在出了电影院、戏剧院、咖啡馆、音乐会遇上哗哗下的大雨，因为没带伞而站在屋檐下等雨停或者冒雨跑向要去的地方；也不会去想周末要是天气好就去下海游泳，去看比赛，去郊游。他们根本就不指望有这样的事情……

这座城市的人们，从不担心被雨堵住，从不等待天会放晴，但他们当中有一个人却与众不同。这个人，就是站在窗前仰望天空的这个男子……这个男子什么亲人也没有。他的工作单位在城市的商业区中一栋摩天大楼里，每天上下班，从不叫人来家里，因为他知道他们不会来。只要不是一再地收到邀请，他自己也不怎么去他熟人朋友家。这是个文静的人，迄今为止没有伤害过任何人，没有得罪过任何人。他只有一个缺点，正是因为这一个缺点，也只有因为这一个缺点，他的熟人，他的朋友，常常为他担心。

他还没有离开过这座城市去见世面，还没有见过其他地方的天空，但听过、读过有关太阳的各种说法。他经常会长时间地沉默，然后开始说"明天早上……"，身边的人也会回应说"是的，是的……"而后立刻从他身边跑开，因为他们知道之后他要说些什么。反正正是这个原因，男子大多数时候都来不及把他的话说完。

"明天早上，要是你们在天上看到太阳，你们会做什么？"他所要说的也就是这么一句话而已。只要他们给他时间……

他就是这么固执：要是一下子出太阳了呢？然而，这是众所周知不可能的事情。出太阳，意味着雨停，意味着天放晴；意味着自出生以来他们所熟知的天空要改变，意味着伞要收起来，意味着放伞晾鞋的房间没用了，更糟糕的是，意味着他们的内心就会出现希望与失望；意味着石板、墙、瓦就会变干而失去光泽，意味着烟雾不再笼罩绿色而是升向天空。所有这一切都怎么可能呢？

要是没有这种令人担忧的强迫症、执念，男子的朋友、熟人会对他更亲近一些的，但现在他们一点兴致都没有，因为他马上就要说那句"明天早上……"了。

男子常常回到家，洗个澡，刷个牙，躺到床上；看看书，抽抽烟，而后就睡着了。

人们早已对土铅灰色或者铅土灰色习以为常了，但每当那色彩变成光线充满房间，告诉他已到了早上了的时候……

他就会控制不住自己，明知是一种疯狂，他也会从床上爬起来，走到窗前，隔着一道道雨水的水痕，从窗户望向天空。

从外往里，可以看到男子的脸上布满了皱纹，在他的脸上看不到一丝好奇的痕迹，也察觉不到一丝希冀的痕迹，似乎只有一双眼睛还有着生气。他会望向天空：也许今天出太阳了，也许今天会出太阳。今天没出太阳的话，还有明天，还有后天。但当他来到窗前的时候，他可以确定的就是：今天也不会出太阳了，看不到了……

然而，当他还在床上的时候，没有发现光线变化了的时候，这人为什么想着当他到了窗前的时候就可以看到太阳的？我们之前也说过了，这家伙是有点怪异之处的……有点傻乎乎地在心里滋养着希冀，脸上却并未显露分毫……

1968

6

当我走进宾馆楼下的餐厅时,他已经在那儿坐着了,还是我刚到这座城市时看到的他所坐的那张桌子。我也走向了那天晚上我所坐的桌子。他还是背对着我。

但我突然从一面镜子里发现他正看着我,那晚我并没有注意到这面镜子。这面又窄又高的镜子恰好就在他身旁。他好像在生我的气,脸板得跟石头似的。我把目光移向了前方。我起身离开的时候他还在那儿坐着。第二天,第三天,不知怎么地,我们没再碰面。

事实上,我是有意在这个时间来这座城市的,目的是看这场十年举办一次的比赛。却遇到了这么一个人,让我绞尽脑汁想要弄清楚这比赛的历史。当然我并不会因为这人给我带来的烦恼而放弃观看比赛。两天来,城里挤满了游客,这些人就像是从石头缝里、土里蹦出来的似的。不仅仅是宾馆,就连那些接待宾客的家庭旅馆也应该都没有地方了。街道上人潮拥挤到已经走不动了。大家都在谈论比赛,人只要在某个地方停下来竖起耳朵听,就能听到比赛的过往由来,就能听到跟比赛的象征有关无关的各种东西；这种地方可以是饭馆、咖啡馆、大街，也可以是厕所。

然而这么多话语当中，这么多滚滚袭来的语句当中，我听不到一句与他所讲的相似的话。他所讲的，仿佛是从完全不同的地方了解到的，或者是编造的。

从某种程度来讲，对于他不见踪影，我不应该感到惊讶的。他所知道的东西

就算我们说是编造的，也不会有什么影响，

当然进入不了

这一懂得很多的人群，

进入不了或多或少知道的都是同样东西的人群。

有点轻蔑地看了看这些游客群之后，我甚至对他们感到有点同情……

我曾经问过宾馆的接待员，他说过观看比赛不用买什么票的。比赛场地周围一级级的台阶

城市的特点，排在首位的应该就是这些台阶了，

要比比赛，

比甜甜圈，比一半像哈尔瓦糕一半像美味糕的甜点还要靠前

由于是一级级巧妙地搭建起来的,因此排列的座位据说可以很轻松地容纳四千人;来的人都可以找到地方坐。

此刻我觉得来观看比赛的人数快上万了,也许是因为城市太小,更确切地说,城市的狭小才给人以这种感觉。

"比赛开始前一小时再去就行了……"接待员是这么说的。"您不仅可以找到位置,还可以找到好位置。然而来的外地人

(尽管他知道我是外地人,他还是对我和其他外地人区别对待,看上去像是把我算作这座城市的人了,这应该是因为我讲的当地的语言和他讲的一样)

却有一件事他不知道。他们会去到那儿,一个贴着一个,堆挤在前面几排。然而真正好的位置,是指挥比赛的

大家都知道,以前是由君主指挥的,这百年来已经改由市长来指挥了,因此每一任市长,都会花几个星期、几个月,从前任市长那儿去了解必须要了解的有关比赛的一切。他们都说这就像是父传子的一种工艺秘诀一样的东西。我不知道,信的人信了,但大家也知道,人们都对谈论这样的秘诀乐此不疲,不管怎么说,在我

看来,谈论这些东西纯粹是为了引发人们的好奇,我说到哪儿了,哈

指挥比赛的市长所在的那一排才是最好的位置,也就是最后边的、最高处的两排。我建议您坐那儿。"

比赛第二天才举行。我也没有要转的地方了。我带上我的书,坐在俯瞰旧宫殿前广场的咖啡馆里,坐在和他第一次交谈的那天晚上所坐的桌旁,度过了一整天。他没出现。我看完了一份报纸、一本杂志、两本书。吃完饭后去看了场电影,为了消除坐了一整天后的疲惫,我打算早点上床。一走进宾馆,微笑着跟值班的接待员打了个招呼;他拦住了我,起先脸上一点笑容也没有,十分严肃地递给了我一个信封,说:"市政府来的,刚送来。"

信封上写着我的名字。我很吃惊,打开的时候也有点激动。信纸上抬头的地方有着市政府的钢印;文字的下方,这个印章还封过蜡。市长的签名是用暗红色的笔签的。信是手写的。

"正如您所知道的,"信中写道,"我们传统的比赛每队有三十二位参赛者,'紫'队中有十个选自本城的本地人。负

责挑选的是上一场比赛中十位'紫'队参赛者。根据传统，每一个圆形箱子上的参赛者都必须达到一定的年龄，因此选拔是很严格的。我们已经发出通告要选拔剩下的二十二位参赛者，也已经从志愿者中依据合适的年龄、合适的位置选中了二十一位圆形箱子上的参赛者。

有一位外地的参赛者告诉我们，说您的年龄符合剩下的那一个位置。我们也等您申报一直等到今天晚上。请原谅我们的不敬，因您没来，我们就写信邀请您了。但同时我们也要怀着敬意告知您，受到邀请后您就不能不参加比赛了。

在此先向您表示感谢，作为'紫'队中场卒子参加比赛之前，请您明天早上八点来宫殿里的市长办公室，以便我们向您提供与比赛相关的必要的专门信息。"

以前我从没见过如此正式的文书。接待员关心地看着我，却问道："'绿'队还是'紫'队？""'紫'队。"我回答说。"神保佑您！"对此他说道，"不管怎么做，您都要争取当俘虏，不要坚持到最后。"说完他转身走了。我在他身后呆住了，而后上楼睡觉了。

> 下到阿维尔努斯是容易的,黝黑的冥界的大门是昼夜敞开的。但是你要走回头路,逃回到人间来,这可困难,这可是费力的[1]。

[1] 维吉尔《埃涅阿斯纪》,杨周翰译,南京:译林出版社,1999年,第143页。

Altıncı

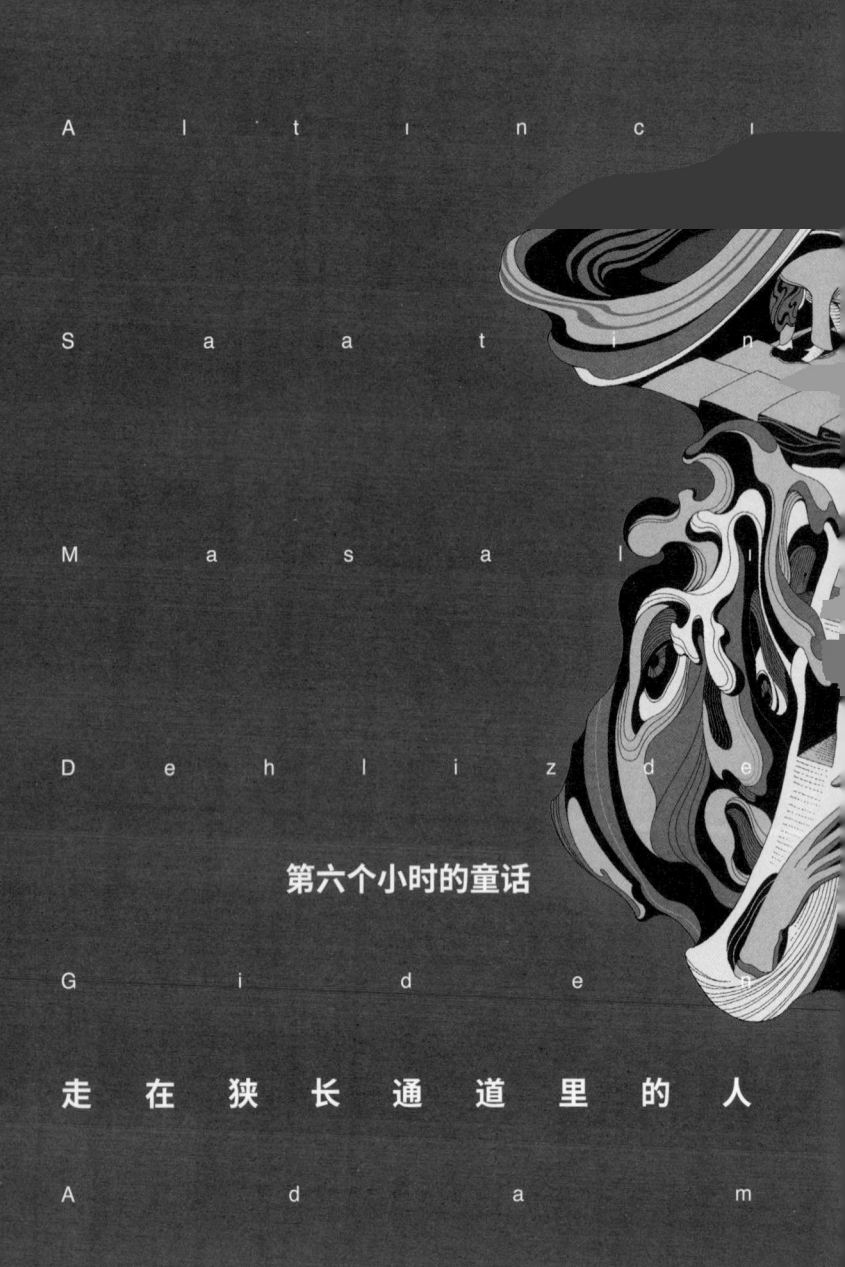

Saatin

Masal

Dehlizinde

第六个小时的童话

Gide

走 在 狭 长 通 道 里 的 人

Adam

致

阿里·珀依拉兹奥卢

人们所说的大海,就是说的那些流向这流向那的水,从不停歇;同时又总是汇在一起,流向某一方水岸,无论是有沙滩的,还是有鹅卵石的……年轻人总是停不住的,非常喜欢大海,要么四仰八叉地躺在鹅卵石上,要么漂浮在海面上,要么在水里游着自由式,要么躺在沙滩上晒太阳。在他看来,生活就是夏天下海游泳,冬天则等待下海的日子。

年满十九岁的那年夏天,他又去了海边,来到一座岩石岛屿上满是鹅卵石的岸边……这一天,空气颤抖,大海像镜子一样反射出了阳光所有的酷热。他游了泳,躺在鹅卵石上晒了太阳。当起身穿好衣服,他却没有走上回家的路,而是想沿岸走一走,逛一逛。在鹅卵石地的尽头,有一堆岩石,应该是一整块岩石从山顶滚落下来,在海里分裂开来而形成的。他来到岩石堆处，靠在岩石上，心里有一种奇怪的感觉。没路了，可他非要到另一边去。怎么过去呢？要是聪明的人就不会试图到另一边去了，非要过去的话，也会回头，到环形路的下端，从鹅卵石地爬上岩石堆正上方尖尖的山顶，寻找从山顶到海边的这条岩石带上可以抵达海边的路。要是能找到，那就太好了，要是找不到，那怎么来的就怎么回，下到山那边的码头。然而，这年轻人很显然并不是个聪明人。他也不是偷懒，而是觉得这种聪明的做法是完全没必要的……他想，这里唯一的一条路，一条近路，就是从海里过去，因此他脱下鞋，拎在手里，卷起裤腿，朝海边走去。虽然岩石之间的水相当深，要是掉进去的话全身会湿透；但他小心翼翼地从一块岩石上跳到另一块岩石上，尽量避开会划破他脚的贝壳，可脚底板还是很疼，流着血，他来到了最远处的那块岩石旁，爬了上去。缓了口气。之前他把毛巾和衣服挂在脖子上，但鞋子拎在手里还是很不方便，加上这一连串耍杂技般的动作令他感到十分疲惫。而现在他看到岩石地的另一边了。

到了这儿他才发现，这些岩石排列得就像一块块跳石[1]，他所遇到的困难根本不算什么……起先他想着"我要不要往回走"，而后却为这种想法感到了羞愧。他取下腰带，把鞋、衣服

---

1 跳石：水中供人通行用的露出水面的石块。

和毛巾扎了起来，甩在背后，用嘴咬住了腰带的一头，小心翼翼地下了岩石，水下没多深的地方，岩石底座有一块小小的平地，他踩在了上面。

然而，另一边，直到岸边都是水，岩石的这一侧是直直的岩石壁，看不到任何脚可踩、手可抓的凸起的地方。离岸有二十五到三十米的距离。这是一片小小的沙滩，在波光粼粼中，沙子看上去细细的……但从没人从岛上来这儿，也到不了这儿，因为四周都是岩石壁——笔直的，抛了光似的岩石壁……要想靠近这儿，只能从海上才能靠近。海水挺深，根本就走不成。要是脱了衣服上岸，就可以晒晒太阳，但还是要从这条路回去的。而且一股微风就足以把他放在岩石上的衣服吹落到海里。年轻人失去了兴致，除了往回走没别的办法了。

真的没有办法了吗？……他正扭头的时候，看到就在他所站的这块岩石后面，正对着笔直的岩石壁的那面靠近水面的地方，有一个小小的岩洞，像山洞口一样的岩洞。这一定是个山洞口，山洞像是张着黝黑的大嘴在笑着，年轻人也笑了，想着："我也可以进去看一看，要是岩石里边有一条可以上山顶的路的话，我就可以朝前走，要是没有的话，也没啥大不了的……"

年轻人稍有些艰难地走了进去。由于是蹲着，水又有点深，因此裤管弄湿了，但年轻人一进去就可以站直了。虽然他个子高，但岩洞顶离他头顶还有四拃的距离。地面有点凉，看到地面干燥燥的，他就把鞋子从腰带上拿下来穿上了，毛巾和衣服还是拴在腰带上,背在背上。他回头看了看,现在离狭长通道口已经有相当远的一段距离了,但通道里的光线也还很充足。对此,他有点想不太明白,又朝后看了看,光线并不是从其他地方来的。太奇怪了!现在,他又走远了一点,在从洞口进来的光线所照的地方,他可以看到一些像字母一样的线条。这引起了他的注意,走了几步靠上去看了看,是的,是文字,墙上写着"勿进"。应该是写上去有很长时间了,因此有些模糊了。"难道是政府写的?"他想,年轻人笑了,抖了抖肩,继续朝前走去。

他忘了回家,忘了上船,忘了去码头,忘了去鹅卵石地,现在只有一个念头:往前走,走到通道尽头……要么通往某个山洞,要么上到岛的某个地方,要么和死胡同一样,没有出口;那样的话,年轻人也会往回走的。即使这条路是环岛的,走到尽头,走到另一端,也不会超过两个小时。

不知怎么地,他好像在前方看到了一股微光。他加快了脚步。的确,前方隐隐约约有一股亮光。他朝后看了看,那儿已经没有光亮了。在这之前,他一直都是直直地朝前走的,没拐过弯,没发现路有弯曲。在这种情况下,即使拐过弯也不可能是在朝路口走。最好是朝有光线的地方走。

他离有光线的地方越来越近了。年轻人一看,这个地方并没有什么光源,只有一块不锈钢牌,钉在岩石上,反射着更远处照来的光线。站在不锈钢镜子旁边,在微弱的亮光下他看清了墙上的字:"勿进"。他很窝火。第一块牌子,他认为是政府写的。而这一块，应该是某个曾经进来过却喜欢开冷笑话的人写的。但那块铁牌呢？那面镜子呢？又是谁把那镜子钉在那儿的呢？再说了，要是政府觉得进入这儿有危险的话，就会在入口处安放栅栏的，就不会有什么事儿了。

年轻人的脑子一刻也停不下来，他要进去，走下去，无论是什么地方，他都要找到透出光线的地方，也就是出口、通道或门。

他在昏暗之中走啊走。

有一阵走累了，看了下表，十二点了。他走上这条路的时候早已过了午时，现在也不可能是半夜，他还没走那么长的时间。而且前方，在很远的前方，又像是出现了死气沉沉的光。他想，应该是镜子，又在反射阳光，但他走不动了，坐了下来。这儿的地面一点也不凉，天气也像是很温暖。

他被惊醒了，像是有人捅了他一下。他看了看四周。由于刚醒来，因此四周看起来更清晰。他看了看表，表所显示的还是十二点，但表还在走着。他想上一下发条，可不要说上发条了，表像是刚上过的似的。他站了起来，又开始走了起来。

他肚子饿了，以前他都是这样的，刚睡醒就会肚子饿，而且还不是一般的饿，跟狼似的。他开始烦躁了起来，这事儿变得麻烦了。而且之前他坐在地上想睡觉的时候，已经搞不清来的路和去的方向了，即便他想往回走也不知道该往哪儿走了。再憔悴他也只能朝着有光亮的地方走了，没有其他办法。

他心很烦,也很饿,必须想办法找到路的尽头,不然……

不然,他想,却无法往下想了。他不是个胆小怕事的人,但……

走了很长一段时间后他来到了有光亮的地方。他都没来得及想"这肯定又是一面不锈钢镜子"就吃了一惊。这里的并不是镜子,而是食物柜机,也就是那种柜机,往孔里投币,一按钮,一扳动手柄,就可以为客人送上一盘吃的东西……对此,他笑了,从兜里掏出二十五库鲁士[1]扔进了投币孔,扳了下手柄。这不是一个可供选择的机器,而且仅二十五库鲁士就可以管用,这本身就很奇怪。但更奇怪的是,现在盘子里面,放着一盘新鲜出炉、还在兹拉作响的炸鱼。机器旁边的箱子里的塑料袋里有着面包、盐、胡椒、柠檬,还有刀叉。

"明白了,"年轻人想,"嗨……这是一种吸引游客的手段……"他看了下盘子上写的字:鱼刺要扔进机器下方的槽里,盘子和刀叉要放进机器上边的箱子里,而后要扳一下机器左下方的手柄。他照做了,槽吞没了鱼刺,箱子吞没了脏的盘子刀叉。没提面包的事。他把吃剩下的面包块放进了兜里,想着路上要是饿了还可以吃。

但这儿没有游客,什么人也没有,只有他一个。他很好奇

---

[1] 库鲁士:土耳其旧货币单位。

别人是否也受益于这机器。

表总是显示着十二点，还在走着，但发条根本就没松过一点儿。

突然他想起了一件事，一件仿佛已经过去了很久而几乎都遗忘了的一件事。也许他想起的这一刻的确都快遗忘了。他知不知道他在这条通道里走了多长时间了？难道他还能算清时间和日子吗？

他想起来的是：走到海岸尽头看到面前矗立着墙壁一样的岩石的时候，他的心里感觉到了一丝怪异。为什么会有这种感觉呢？他现在有点明白了。看着绝对水平的大海和地平线，他几乎忘记了世界上还有另外一个维度。面前出现了墙壁，他立刻想起了他所遗忘了的这一维度，而且这一维度离他是那么的近，几乎就要撞上他的脸了，这一维度不可逾越，令人心生厌恶……现在他明白了这种感觉。因为他以为自己长时间以来一直都在一个没有维度、什么人也没有的世界上朝前走着，这种感觉在他的脑海里，在他的心中，慢慢地成型，成了一种意识。

他笑了一路。"我在害怕，"之后他想，"我要是不怕的话就不会想笑了。我在害怕，但除了走，没有别的可做的事情，因此……"他已经无法想象除了走还可以做什么别的事情了。他要走下去，路并没有左右分岔，他连选择一条路的机会都没有，因此，他要走下去，直到路的尽头，或者，回到起点，回到朝着大海的洞口，这也是有可能的……

他继续朝前走着。远处有光亮。肯定是柜机、不锈钢镜子反射着从某处射来的光线。每当他肚子饿的时候，面前就会出现柜机。有一阵他兜里的零钱花完了，但无论投大钱还是小钱，这些机器里都会出来能填饱他肚子的——不多，也不少，但可以填饱肚子的——食物，有时是咸的，有时是淡的，有时是水，有时是阿依朗[1]，有时是鱼，有时是蔬菜……

还有卖烟的柜机。有一阵儿，他零钱花完了，心想："可能就缺兑换零钱的柜机了。"没过多久，他面前就出现了兑换零钱的柜机。他把兜里的两张十里拉投了进去，机器里出来了满满两兜子五库鲁士的硬币，但走着走着，这些钱也花完了。

如果按照他肚子饿的次数及所吃的东西来算的话，他像是在这条路上走了近一年的时间了，但他无从知晓，也无法确定是一年呢，还是一个星期……

每次他犯困在路边躺下的时候，他都有意把头冲着要去的方向，以免记不清方向。

他犯困的时候胡子就会长长，而后，醒来的时候用手摸脸，感觉脸上又跟刚剃过胡子似的。

在分不清白天黑夜的一条路上，是不会有昨天、今天、明天的，也不会有早上、傍晚，这条路上只有相距甚远的柜机上的钢

---

[1] 阿依朗：土耳其的一种用稀释酸奶制成的饮料。

板反射出的强度相同的光，表也总是显示着十二点。而年轻人也早已忘掉了这一切。他所知道的唯一一件事情就是走路，已经不记得自己是为什么进入的这里，也不记得自己是如何进入的这里，但他还知道自己是为什么而走的路，知道自己是为了走向有光的地方而走的路。他根本不知道出去后又会怎么样……

为了走到有光的地方……不是为了走向钢铁柜机上反射出来的光，而是为了走到真正有光的地方……

一路上他时不时地作一些停留。而真正的光又是什么呢？他自己问自己，却找不到答案。是什么呢？从哪儿来的呢？会是什么呢？他大概到了一个极限，甚至都忘了这些问题，都不再问自己什么问题了……

他走着。

钱早就花光了，但不花钱机器也给他提供吃的东西。路一直都是笔直的，每当心烦的时候他就会用手撑着墙，不知道为什么他后来才意识到这一点；手撑在墙上，墙就会有波动，就会变得弯弯曲曲，就会形成拐角，之后又恢复原样。

他走着。光并没有离他更近一些，还是一台机器接着一台机器地反射着。而他的双眼已经适应了这通道里的黑暗，在他看来，光线似乎很充足，似乎到处都很亮堂，但他还知道光在什么地方，因此他还在走着，还能走。他会到达有光的地方的。

有一阵儿他突然发现，柜机越来越稀少了。有很多次他饿了，站不住了，跌倒后爬起来，这时才会遇到食物柜机，嗓子不干,眼睛不痛,他就遇不到供水的柜机。

他打算加快步伐,几乎是在跑了,但柜机总是在更远的地方,相距更远才会出现在他面前。

"我要死了,"有一阵他想,"这条路应该是为了杀人才弄成这样的……"

他并没有死,为了活下去,他在跑,不停地加快速度。

他时不时地气喘吁吁,停下来歇息,但之后又想:"必须要跑,必须要跑,必须要在死之前,在筋疲力尽之前,赶到下一台柜机那儿……"

他已经不再去想要到有光的地方这件事儿了,有光的地方是之后要考虑的事情。机器,机器,他满脑子都是机器。要想不死就必须要赶到机器那儿。

但随着机器越来越稀少,光线像是在增强。他是从他皮肤发亮才明白这一点的。他的双手,两条胳膊,越来越亮,机器也不再是从它反射出来的光中才能发现,似乎从它的黑影中就可以发现了。

墙变硬了。路笔直地向前延伸,不断地向上升起。他不是通过脚感知到路的笔直延伸,而是眼睛就可以看见了。这也就意味着光增强了好多。机器越来越稀少,他也越跑越有劲儿。但随着能够看到光,看到真正的光,他开始忘掉了这些机器,有时即使错过了一台,他还是朝着下一台跑去。已经可以看到光了,路的尽头出现了,对此他可以证明的。

但现在，随着光的增强，随着他睡醒后看到光在路的尽头，变得越来越强，他似乎感觉到自己的脑子里有一个奇怪的令人恶心的东西，这个东西不是在他的内心里，而是在他的大脑里。

他再一次睡醒了，光似乎更强了。除了光，还有别的东西。不知为什么，他后来才明白过来，这是空气、风之类的东西。他跑啊跑，继续跑着。现在，伴随着风，还有一股香味。起先他想不起来，之后突然喊道："是花香。"他的喊声在通道中回响，是他早已遗忘了的声音，牙齿碰牙齿的声音。抛诸脑后的所有一切都回来了，人，别的人，一群群的人……他想起了蜜蜂，想起了蜜蜂涌向花儿的样子……想起了苍蝇落满甜食的样子……想起了鸟群的起起落落。他不再吃东西了，不再喝东西了，不在乎有没有柜机了。远处的一个洞缓缓地变得越来越大，刺痛了双眼，他眨着眼睛，皮肤越来越亮，越来越皱。洞越来越大，扎进了他的脑海。"不是洞，"最终他想，"扎进我脑海的，是这光……"

随着洞的变大，他的视线开始变弱了。"又要进入黑暗了吗？"他有点害怕，"我看到了洞，难道又是反射光的别的东西？"但并不是如此。空气越来越多，风越来越大，香味越来越浓，嗡嗡声越来越响。洞是真的，光也是真的。但视线为什么会变弱呢？

他停了下来，手摸向额头，想抹去扎在那儿的疼痛。手指上沾上了什么东西，大概是血，热热的，黏黏的，流淌着，从额头上很疼的地方流出来。应该是撞上墙了。他迈了一步，脚靠上了墙。肯定是眼睛看不清东西才撞上的墙,但他扭头却看不清面前的墙,靠着手上的触感才找到了墙。他又开始朝洞口走去,已经不跑了。洞,像是在云雾后面,在烟雾后面,有气无力地发着光。也就是说他想起了烟雾,想起了云雾,但洞在他面前逐渐地在逝去。

而后他就看不到洞了。他知道,自己瞎了。他停了下来。要是往回走,要是再进入黑暗之中,他的眼睛会恢复吗?他既不想这么做,也无力这么做……他饿了,渴了。摸着墙往前去的手突然落空了。右边没有墙,左边也没有。风扑在他的脸上,四周散发着股股花香,虫鸣声在他耳旁嗡嗡直响。他应该是出了洞了。他来到了有光的地方了。

他抬起了头,阳光暖暖地洒在他的脸上。下方,远处,传来了心跳般的波涛声。脚踩住了某个地方,手向四处摸去。这应该是一块平的岩石。他坐了下来,还是抬起了头,一股暖意从他的脸上漫向体内。但在最深处,有一个点还是像冰一样,光的温暖到达不了这个点。在这温暖的地方,在这没有光的地方,里里外外就他独自一人。

"死人大概都是从体内开始变凉的。"他想。很美,美到令人心里发酸,年轻的脸朝着上方,双脚并拢,两手紧紧地扒着岩石的两侧,就这么保持着这种姿势。

1968

1969年8月,阿里·珀依拉兹奥卢讲述了这么一件事儿:

有一个人某天抓住了一条鱼,他很喜欢那条鱼,想让它一直待在自己身边。每天都从海里一桶一桶地拎水,给它换水。过了一段时间,他拎海水拎烦了,尝试着用自来水。鱼稍有些不安,但最终也适应了淡水。渐渐地,这人心里产生了好奇,适应了淡水的鱼会不会适应空气呢……(您要是问我,那我觉得鱼要么是犯傻,要么就是太喜欢这个人了,而这在某些情况下也可能是一种犯傻。我们再回到阿里·珀依拉兹奥卢讲的故事。)起先鱼差点憋死,拼命挣扎,最终也适应了空气。一天,这人一心想要去海边,把鱼也带在了身边,把它放在了鹅卵石地上一个阴凉的角落,他自己则下了海。这时孩子们从这儿经过,看到了鱼。不知怎么地,他们可怜这条鱼,说这条鱼被冲上了岸,太可怜了,我们把它放回海里吧。等这人疯了般游过来赶到的时候,鱼早就淹死在了海里。

我想说的是,我认同列维·斯特劳斯的原则,在我看来,这两个故事之间的差异比相似点重要得多。

B.K. (比尔盖·卡拉素)

7

和市长见面的时间很短。我刚问宫殿门口的年轻人市长的办公室在哪里,他就走在我前面,把我带去了。走过一个一个房间,走了不短的时间。这里不让生人参观。我情不自禁地看着墙和天花板上的装饰装潢、油画。年轻人并没有停下来等我,但还是给我留了看的时间。我们来到了一扇关着的门前,他没有敲,直接开了门,恭敬地朝我站的地方看不到的一个人弯腰致意,然后退到一旁,让我进屋,自己走了出去,并把门带上了。

市长指了指地方让我坐下。对我的到来表示了感谢,接着说了起来。

当我走出房间的时候,年轻人还在门口。我们朝另一个方向走去,从后门去到了花园。这里一点也不像我三天前见过的地方。

圆形场地比那天看到的要大好多,那些箱子也并不是四方的,而是圆柱体的;这些圆柱是大理石的,但其颜色既不是白色,也不是黑色,是由绿色大理石和紫色大理石切割而成的,中间填上了黄色大理石。这些圆柱的直径是经过精巧细致计算过的,这种精巧细致令人难以想象;石头也都是精心安放的。因为刚洗刷过,所以色泽浓厚得发亮。这些圆的直径应该远远超过一米了。场地的四周早就建起了一排排的座位,零零星星地已经有人坐着了,他们头上戴着帽子,尖顶的纸帽子,手里拿着书报。比赛将于十一点开始,现在才八点二十。

年轻人又把我带到了宫殿,让我进了一个小房间。里面一条石墩上放着几个坐垫,一把看起来有五百年的核桃木椅上放着我比赛该穿的衣服。"您休息会儿,先生,"年轻人说,"我走的时候会锁上您的门,很抱歉,这是好几百年的规则了。参赛者,在比赛前,既不能相互见面,也不能和其他人见面。十点的时候我会来通知您,到时您再更衣。"他出门走了,钥匙在锁里转了三圈。

我气极了,这也太过分了,但一心想用拳头砸门不会有任何用处,只会使事情变得更糟糕。说真的,对于自己的愚蠢我很生气。要是不去见市长,难道他还会强行把我带到这儿来吗?好像……在善待游客这一问题上所说的所有那些话……

但这些人,把我也塞进了这些城市最

古老的一个习俗之中去了。我要是不愿意参加，谁也不能强迫我。我做出了一副不愿意参加的样子，差点让自己都相信自己是不愿意参加比赛的；但当他问我"您参加比赛吗？"的时候，我真的没有为参加比赛而心动吗？

我躺了下来，竟然睡着了，他的头

这次他那浅棕色的头发似乎颜色更淡了些

碰到了我的头，我感觉到他嘴里的热气呼在了我的耳朵上。

"这是个梦。"我闭着眼睛，在黑暗中心里这么想道。而后我所在的地方亮了起来。

这回是他的胳膊伸在我的面前。我用指尖摸了摸，手指按在了他的手腕处。没流血，他也没感到痛。当我收回我的手指时，他的手腕处没有一点痕迹。他轻薄的嘴又贴近了我的耳朵，贴近了我的脸，周围吹过一阵轻柔的风。

我又陷入了黑暗，"这是个梦。"我再次这么想道。

而后我睁开了眼睛。门开着，年轻人轻声喊着我的名字，轻轻地抓着我的肩膀。我爬了起来。"请您换上衣服吧，先生，特别要注意这张图里面标明的几个点。"他说。

穿这种并不习惯的、不曾见过的衣服并不容易。穿这些衣服的时候，有些必须是一层套一层的，有些必须是并排挨着的。按照要求穿好了这七件套的衣服之后，据图所示，还有十四件细小的物件需要佩戴。

我把紫色的带子系在了腰间，把穗塞进了膝盖处的绑腿下。钳子本该挂在肩上，小切肉刀也本该用专用绳拴在腰间的。我本该是个城里人，是个农民，是个木匠，是个屠夫。我既在城里劳动生活，也在城外劳动生活。我本该是个木匠，在盖房子；我本该是个纺织工，是个染工，纺毛布料，给毛布料染色；我本该是个士兵，我有长矛；我本该是个商人，满满的钱袋就在我上衣里边。

号角吹响了，昭示着比赛就要开始了，此时，我在镜子里看到的那人跟我手里的画是那么像，完全跟我在博物馆里的画上看到的那些人一模一样。

年轻人进来给我带路了。当我抵达比

赛场地时，所有的参赛者都站在圆圈内。有人给我指了指我的位置。我站在三天前我站的地方，成了比赛中的卒子。

号角声停了。市长在讲话中阐明了传统比赛在城市生活中的重要性，对来宾们表示了感谢。

现场座无虚席，但观众席上鸦雀无声。参赛者进入场地后，作为在比赛中听市长指挥的"棋子"，他们就该像石头[1]一样一动不动。之前市长对此专门作出过要求。因此我都无法转动我的头，无法四处张望。

市长就在我们右侧，就在专门为他建造的凸出的平台上。他往座椅上坐了下去。号角再次吹响，比赛开始了。

---

[1] 土耳其语中"石头""棋子"都是用"ta"一词来表示。

第七个童话

"师傅，快杀了我吧！"

致
阿尔帕依·伊兹布拉克

"……可以看出,活了很久的那些父母已经变成了魔鬼,不时地想要靠近小孩子们,想要吃人。说到我们所讲的这位母亲,她的孩子们用隆重的仪式埋葬了她的尸体。仔细想想,这是种很可怕的事情。经常会有这样的传言。"[1]

要想用隆重的仪式埋葬他们母亲的尸体,孩子们就必须活着,但可以看到有些人没有活下来。

玩杂耍的人从一根绳索跳到另一根绳索、从一个圆环跳到另一个圆环的时候,时不时地会有人掉

---

[1] 混猎—故事书(Koncaku- Monogatari û),《十二世纪日本故事选集》,第27卷,第22个故事:猎人们的母亲。

下来摔死,根本不管你是多大年纪。要是有人说"如果一个上了年纪的玩杂耍的人的脸上,在右鼻翼的底端,开始出现只有我才能看清的痣的时候,我知道,这意味着他也会和其他人一样,早晚要死了,只是我不知道他是会从绳索上掉下来,还是会在路上被车轧,或是会病倒在床上爬不起来",那他就是个年轻的玩杂耍的……

你们要在一根紧绷着的绳索上从两头走向对方,要装作肉搏的样子,而后一人输了,做出掉下去的样子,另一人则从他身后跃起,在空中抓住他,救下他,和他一起跳到另一根绳索上,紧紧抓住另一个圆环,这时人们的心会蹦到嗓子眼,你们则以此来挣得饭钱。

随便举个例子:您对面的玩杂耍的,是您很敬爱的人;多年来他和您一起工作,和您分担您那从不见减少的痛苦,即便您已经习惯于说我们从不会笑,他也还是会马上来找您,和您分享您那难得的高兴事儿。你们面对面,快要靠近绳索中央,突然,在他右鼻翼的底端……此时,作为一个年轻的玩杂耍的,您该怎么办,就此那些想法萦绕在您脑海里……

我们从头说起吧。

他面前是他的师傅。

师傅,某种程度上来说,在寻找谋生手段方面难道不也已经成为行家里手了吗?

对面的这个人,在他还是个孩子的时候就把他带在了身边，培养他，教他技巧，把他带到了今天，是他师傅使他成了年轻杂耍中最有名的一个。

他们之间的关系早就已经超出了师徒关系。年轻人把自己看作是老人的儿子，师傅也把他像儿子一样照顾着，在别人面前都会指着他介绍说"这是我儿子"。别的师傅总是以"儿子"来称谓徒弟，为了有别于此，当他要说什么事儿的时候，他总是有意避免叫"儿子"，甚至都不叫他的名字。他们之间的对话本就从不以称谓开始。哪怕是当一方在发呆，另一方要从喉咙里发出某种声音来吸引对方注意的时候，俩人也都会感到难为情，闭着嘴打个喷嚏，清清喉咙，竭力消除弥漫在空中的那个声音。他们的对话总是会从半途进入，从一天前、一个星期前中断的地方接续下去，或者直接说出结尾，却像是在说开头一样。在他们看来，短暂的沉默，最细微的示意、翘眉、挤眼、噘嘴——用以表明他们弄不清楚话头是从哪儿来的，都和称谓对方一样是种耻辱。因此，他们的朋友、同行，很多时候都很难跟上他们说话的节奏，看着他们，也感觉怪怪的。这种习惯深深地扎根在了这两位玩杂耍的人的心里，甚至他们都难以想象世界上会有人不习惯他们的这种对话方式。他们也试图和大家进行这样的对话，面对别人时，对自己翘起的眉毛、挤紧的眼睛、撅起的嘴唇没有感到一点不好意思，不知为何，似乎恍然大悟，似乎醒悟了但还是茫然无知，不知所措，立刻急出一身汗，竭力让人明白他们的话。

年轻人把自己视作老人的儿子,他是这么认为的,但他不是把师傅当父亲,而是把他当娘亲来看待的。他把师傅等同于生他、养他、教他生活的娘亲。起先,当他发现自己是这么一种感觉的时候,因为这种感觉的怪异而感到害怕、烦恼,想着不会把这么一种不可能的事情告诉别人,就算是师傅也不告诉他,不向他坦白。隔了很长时间之后,他开始觉得,虽然这种感觉很怪异,但师傅清楚他的所有想法,不把这种感觉向师傅坦白的话就更怪异了。于是,一天夜里,演出结束后,黑暗当中躺在床上的时候,他把内心的想法随口告诉了师傅。对面角落里的床上先是传来了断断续续的窃笑声。正当他觉得把这样的事情告诉给别人,哪怕是他师傅,是多么错的一件事儿,感到世界要倒塌下来的时候,师傅的笑声正常了,哈哈大笑的声音直到天快要亮的时候才停了下来,这时,师傅说道:"哎呀,你真是个多愁善感的人啊!"接着打起了呼噜。想法很怪异,把师傅都逗乐了,但师傅还是很喜欢,看起来是这样的。快要倒塌下来的世界又再次恢复了正常。这种感觉他们再也没有谈起过,却成为他们互依互靠的一个纽带。

然而,几个月之后,当他像是由于迈错了一步而任凭自己掉向下方摆荡的圆环的时候,师傅在空中抓住了他,"救"了他,师傅的双手让他想起了些事情。演出结束之后,从老板那儿领钱的时候,跟大家说晚安的时候,穿衣服的时候,跟在师傅身边回家的时候,他一直努力想要搞清楚他想起来的那些莫

名的事情到底是什么。还是想不起来。第二天夜里,又是掉向圆环的那一刻

    他脑子乱了。他明白了,他在师傅身上感觉到的母爱并不是多愁善感的产物,并不是文学之类的产物。他在叔叔房门口竖起耳朵听着屋里传来的喘气声。好几天他们都不让他进那个房间。正因为他们不让他进去——也因为只要不是把他推进门去,他也不喜欢进厨房和厕所——几天来他都是一声不吭地在大门口的门槛上坐到天亮。现在他在门口,听着喘气声,轻轻地推了推门。这里一个人也没有,娘亲不在,奶奶

    圆环荡过来的时候,本应该抓住他腰带的师傅的手仅仅只能抓住了他的手腕。这完全就是他娘亲的双手。那天晚上,进入房间脱下衣服后,师傅开始数落他了。自小时候起,从他刚当学徒开始到现在,从没这么数落过他。他一声不吭,听着。然而,仿佛经过了好几个小时的数落之后,当师傅问他"现在说说看,为什么会这样,为什么会这么地思想不集中"的时候,他看上去像在听,以为他在听却没在听的时候,他的脑子仍然……

    趁着这个机会,他告诉了他师傅。那一刻,他就像是经历了所有的一切。他从他师傅所知道的地方开始讲起:父亲死了,奶奶痴呆了,叔叔挣钱养家,娘亲则照顾家里的一切。那时他应该才刚两岁多两三个月,他娘亲是这么告诉他的。回忆起这些事情的时候,他就像是在镜子里看到了自己一样,身上还穿着一件红绿色印花布做的罩衫。奶奶整天坐在椅子里不起来,

椅子低矮，和两侧一样，前面一侧也有栏杆，很奇怪的椅子。椅子的下方有一个便盆，跟他的不一样，比他的更大、更圆、更红，一有刺鼻的气味，他母亲就来把它倒掉。天气已经非常暖和了，因此几天来他都坐在他的门槛上，从早到晚。那天早上，他娘亲把奶奶连椅子一起推到了门前。奶奶总是昏昏欲睡，娘亲不在身边，她匆匆出去了，说是马上回来。而他自己，则不要说转动圆圆的、白得发亮的门环开门了，门环他连够都够不着；但他明白，靠在门上可以把门打开一个缝，最终，在越来越响亮的喘气声中——窗帘应该是关得严严的，里面暗暗的，就像现在一样浮现在他眼前——他走近仰躺在床的叔叔，看着他。叔叔看到他了吗？想要笑一笑似的咧嘴了吗？还是说他那想要说什么似的样子就是他最终的挣扎？他这个年龄是不会懂的。突然一只手抓住了他的手腕，一只手拽着他的罩衫悄悄地把他弄到了屋外，这是他娘亲的手。而一个男人——应该是和娘亲一起进的屋——出房间的时候摇了摇脑袋。娘亲无声地蹲在了厕所的门槛上，手捧着脑袋。他很害怕，不敢吱声，之后伸出手，碰了碰娘亲的膝盖。娘亲把手从太阳穴上拿了下来，握着他的手，他不怕了。在叔叔的脸上，鼻子——就跟现在看到的一样，他也是从此知道了哪是左，哪是右——右翼底端，他看到了之前从没看过的大大的污渍，他也就此开始琢磨这种污渍、这种痣。

那天晚上，听他讲了这些之后，师傅还是数落了他，但这次时间很短。而他自己也很用心地听着师傅说。这样的事情不能想，师傅说，干活的时候不应该想这样的事情。把他从死亡中拯救出来的手，有一天也许会抓不住他的腰，抓不住他的手腕。

照着师傅这样的要求，今后他就不会再想他个人的记忆，不会再想他个人的过往，只会想自己的活，会把脑袋交给师傅。他的记忆，关于他娘亲、奶奶死亡的记忆，都必须从他的心里、脑子里删掉，他也删掉了。

他删掉了，唯独一个记忆挥之不去，尽管他想尽各种办法，可就是删不掉。后来，他怎么也忘不掉在他娘亲、奶奶鼻子右翼底端看到的痣。在他所熟知的、他觉得闭着眼睛都能画出来的那些脸上，几天内就变得越来越明显的，每次看到都会让他陷入沉思问自己"我为什么没注意到"的，让他难过的，在她们死的时候差不多有橄榄那么大的……

他明白了，这些痣应该是家族特有的某种东西，而事实上那些脸上以前的确没有那些东西，只是在临近死亡的时候才显现出来，慢慢长大，死的那天（才长到）那么大……

他还很年轻，还没有学会人不应该满足于没有经过深思熟虑、没有碰过壁就得到的知识。一天，当他师傅在绳索中央训练新收的徒弟的时候……

那是一个夏季的某一天。只有玩杂耍的才知道在靠近帐篷顶部的地方干活是多么可怕的一件事情。师傅在下面看着，指挥着他们，想让他们在刚训练了一个星期之后就在观众面前表演。男孩不得不紧张地训练。由于他们不能让他们师傅在这么热的日子里爬到那么高的地方,而他本人也升格为了工头,所以加紧训练新徒弟的活儿就落在了他的身上。

他们面对面地站在了绳索中央。"现在小心点,"他对站在对面的新徒弟说,"好好把汗擦干,以免出事……"男孩擦了擦汗,"好了!"看着他的眼睛说道。那一刻他看到了男孩鼻子右翼底端的痣。他们练习了,下了绳。洗澡的时候他凑近男孩,说:"这颗痣跟你很相称。"男孩先是怪怪地看了他一眼,之后问道:"什么痣?"他照了照镜子,没能看到。他嗓音嘶哑地说他不理解工头的这个玩笑。谁知道男孩的心里都想了些什么。他就说,那大概是脏东西,对不起,我错看成是痣了。但第二天训练的时候他又在同样的地方看到了那颗痣,而且更加明显了。男孩三天后在绳索中央自己练习的时候掉下来死了。他跑上前去,看到痣还在鼻翼,有橄榄那么大……

也就是说,这不是他们家族特有的能力,而是他自己独特的能力。他可以看到别人看不到的痣……

他知道这些人要死了,之后他又好几次印证了这种特异功能的可靠性,他都害怕看别人的脸了。

之后有很长一段时间,他在别人的脸上都看不到痣,身边也没人死掉,内心稍微松了口气。

也正是这个时候他碰到了柳树。

一个春天的夜晚,他和师傅走在回家的路上,就他们俩,师傅和儿子。当他想培养的第三个徒弟也死了之后——他都在他们脸上看到过痣,但他们并不都是从绳索上掉下来摔死的——也就没人再想给师傅当徒弟了。有人说师傅并没有错;应该是他有着克兄弟的血脉……说这话的人也来看了,仔细看了看他的眉心,有的人看到了他们想要看到的血脉,有的人没有看到。有一天早上,师傅也在他脸上找了找克兄弟的血脉,没能看到,至少他是这么说的。但在这个过程中,在温柔的晨光下,他自己却在师傅的眉心看到了一种东西,不是克兄弟的血脉,而是像绿刀子一样的无子命血脉。他没跟师傅说,也不会说。不会跟师傅说的事情他本就不会留在心里,不会留在脑子里,也没有留下,这些他都忘了。

俩人对此也感到难过,因为可以看出,他们已经很好地习惯了不必与别人分享自己的生活。

那个春天的夜晚,他们在回家的路上,在经过的一个花园里看到所有柳树都被剪枝了,那天早上他们还为看到细小幼窄的朦胧树叶而感到高兴,现在枝条都堆在了人行道上。师傅为了不踩这些枝条而下了人行道,而他却带着敬意,带着喜爱,慢慢地,竭尽玩杂耍人的轻盈步伐踩着这些枝条堆走着。再次走上石子路面的时候他停了下来,深吸了口气,努力向师傅讲述那一刻他有多么想要去水边,去花草树林中。

这时他又听到了训斥。所谓玩杂耍的,都是在人多的地方干活挣钱的,而在人多的地方一般是没有这种柳树林,没有这种草地，没有这种水边的。要是有的话该多好，但对于有自知之明的玩杂耍的人来说，对于多数时间都在大城市里度过的玩杂耍的人来说，尤其像他自己，就算在心里想想这样的地方都是不对的。玩杂耍的人，就应该想他的绳索，什么想念，什么梦想，都应该从心里抹去。

难道不是这样吗？师傅说道，就必须这么做，也要这么做。他也是这么做的。继记忆之后，他把梦想、想念都从心里消除掉了。重要的是，是他师傅这么教他的，关键也在于他就是这么被教着长大的。师傅教会了他这一点。他之所以是他，是因为他的手艺，他必须要有手艺。也多亏师傅他才喜欢上了这门手艺。一切不都是从师傅那儿学来的吗？像娘亲一样照顾他的不正是师傅吗？但一切都是从师傅那儿学来的吗？……他自己在自我性格的形成方面占有多大的份额？再说了，能不能占有份额？师傅给了他多少，他自己给了多少？"给"的真正意义是什么？一开始来到师傅跟前时什么也没带来吗？所有的一切都是师傅给塑造的吗？那么每个人，师傅对他们的塑造，不，师傅是按他自己的塑造模式来(塑造)徒弟的吗？

他脑子乱了。似乎知道他要是问师傅这些问题的话会得到什么样的答复。师傅不会说"你想不明白的"。他自己问自己，现在我是想不明白这些，但会不会有一天我会想明白呢？但师傅不会这么说的，他会说"别想了"，仅此而已。他会说"等我死后，你也开始收徒弟培养的时候再去想吧，到时你既可以明白自己，也会明白我了"。他就像是听到了一样，就像现在已经听到这些话一样了。也就是说，他自己的某个方面已经像他师傅一样成熟了，甚至超过了他师傅。他能够想到这些……但在这个问题上他没有再多想。杂耍这个行业，是需要人——如果不想死的话——全身心扑到绳索、圆环、师傅、步子、手、眼上的一个职业。有一天，要是遇到一个不是玩杂耍的，而是以思考为生的人，他要问一问这些问题。当然，那人是不是想过玩杂耍的人要问的这些问题，这又另当别论了……

当他明知道观众们在下方舞起波浪看着他从绳索中央跃起翻筋斗表演的时候，有几次他突然意识到自己的脑子在别的地方，在想着与绳索无关的其他事情。这是不行的。这样的事情是连师傅的灵魂也不能让听到的。他强迫自己清空了脑袋里的一切，干活的时候什么也不想了；但从一个城市去往另一个城市的时候，在漫长的路途上，他装作睡着了，连他师傅都骗，一脑袋扎进了问题柳树林，扎进了湿漉漉的草地里。

师傅常常把每次演出前在小区里从门下方塞进去的，在咖啡馆、街道上散发的海报都保留一份，回家后小心翼翼地放进专门的箱子。一天晚上，师傅说："你已经长大了，成了老练的玩杂耍的了，这事儿以后就交给你。"听到这话，他差点抛开这些话暖心的一面而想要问师傅，这些难道不也是记忆吗？师傅怒吼："你还没长大，"狠狠训了他一顿说，"这些不是记忆，会是我们从绳索上唯一留下的印记，这些就是我们的生活方式，是我们的经历，是我们的生活。每过一天，随着每一场演出，当我们承受不住离我们更近一些的死亡负担，当我们抬不动这只箱子的那一天，一切就都结束了，我们会被压垮，这点你要记住。这些东西上面有你、有我，除了这堆纸以外，我们手里还有什么可以证明我们活过，还有什么可以证明给别人看、证明给我们自己看？"

自从那个晚上，这样挨训之后，他醒悟了，不是因为这些纸，而是因为师傅的怒火。在此之前他怎么就没有感觉到呢？

这次的怒吼有别于师徒关系中自然的怒火，师傅是想用这些话来折磨他自己——与其说是他自己，也许更多的是他的青春。

他应该是早就注意到了这种突然发怒中的不同之处。

师傅老了。是我一直想着自己每过一天就长大一些、老练一些而没有时间去想别人也会长大、也会老去，还是什么？是我已经习惯了在他身边生活而不去顾他的脸面，还是什么？他这么想着，为自己的无知而恼火。虽然人都希望自己喜爱的人长大，但都不想让他变老，不想他临近死亡。我注意到了这种胡思乱想，那意味着我也老了。那他呢？谁知道呢？……他这么想着，怎么也想不出个结果来，或者说他就是想不出来。

师傅老了。之前以为师傅的怒火只是针对他的，现在明白了，这些怒火和很久以前，他小时候的，刚成人时候的怒火之间……

他怎么能就这么睡着了呢？在他无法想象师傅会做错某件事、会说错什么话的这段时间内……

然而最近这段时间，他嘴里竟然会冒出一些话，让人觉得他有可能没有注意到某些事，没有注意到某些小事，这些话甚至都不会让人以为他是不是弄错了！师傅动不动就训他。曾经有些事情他想都没想过，而现在他不仅想了，还试图用话语暗示出来，师傅能不生气吗？

随着时间的推移他应该是开始注意到了这一点，他知道他的这种想法没有错，他在强化他所感知到的东西，把它们变成知识。但他在这方面也已经成熟了，干活的时候他没空想这些。

正如一个老泥瓦匠，一辈子搬着石头垒房子，到最后发现他垒的房子的某个地方有个裂缝，有个缺陷，发现自己弄错了的时候，要是有人告诉他，他会有多么生气的话……

但难道是因为他开始骄傲了才发现了师傅的毛病吗？还是错误的阴影，他的想法，甚至他的梦想让师傅更加不安了呢？师傅不也和大家一样都是人吗？他老了就和别人不一样了吗？师傅和他在身边所见过的其他人唯一的不同之处不就在于他是"师傅"吗？尽管他和别人一样，但这种师傅的身份不正是使他变得比别人地位更高的唯一的东西吗？他想不明白，可他也知道彻底弄明白这些没有任何意义。以前，在他还是当学徒、当工头的时候，师傅看到他的毛病都会当着别人的面说，让他难堪。而他有一天当着别人的面说起了这装满海报的箱子，当天晚上就挨了师傅好一顿训。所有这一切越来越让他晕头转向，不知所措。师傅不想让说的事情谁都不应该知道，但师傅却不管工头喜不喜欢让人说，都兴致勃勃地跟人讲一些事情。这不是为了气他，不是因为他固执，师傅才这么做的，这一点是很明确的。讲这些事情的时候，师傅脑子里根本不会想到会有什么不好，会让亲爱的工头感到不安。仅此而已。师傅根本不会想到自己会做错什么事。

最终他下了决心，不管师傅怎么做，他都不生气，不会忘记这家伙已经老了，哪怕知道师傅弄错了也不会说，以免伤他的心。两天前，喝早茶的时候，师傅突然冒出"我怕有一天会需要人照料我的生活"这样的话，他说："怕有一天需要你照料我的生活……有时候我想我一定不要人照顾，就让我像狗一样地死去。我在想，成为别人的负担所带来的痛苦会不会比独自生活更糟糕？我不知道……"这些话还在他脑海里嗡嗡作响。他的决定自然有这些话的原因，但他下定决心的那个晚上，他心里舒坦了，睡得很香，好长时间没睡这么香了。

第二天早上，又是面对面坐着喝早茶的时候，他瞥到了师傅鼻子右翼底端的一个污点，他忍住不去伸手抹掉它，师傅知道那个痣的事情，会想到一些不好的事情的。他甚至都避免去想。

那天是一个伟人的忌日，晚上没有演出。他出了城，熟门熟路地找到了一条干涸的小溪河床，找到了一小片柳树林，躺了下来，盯着天空，陷入了沉思……他心里满是担心，担心师傅会死。假如他弄错了，他师傅这几天就不会死了。但这种想法首先不就让他心里感到害怕了吗？这意味着他可以想师傅的死亡了。他已经可以想了。从某种程度上来说他也可以感到高兴，他可以当师傅，可以招徒弟，可以培养人了，也可以思考，一个一个地去寻找多年来累积起来的那些问题的答案了，可以努力去寻找答案了。但自己也……

他想起了死去的徒弟们。师傅这么关心他，其中的一个原因是不是就是这个呢？"在你之前我收过三个徒弟，"有一天他曾说过，"三人都出了事，收了你之后就没再想收了，我必须只照顾你一个，收这个孩子是因为你已经完全长大了……"（师傅说的就是站在绳索中央训练时，在他的鼻子右翼底端看到了污点的那个孩子。那是在男孩融入他们当中的那天晚上，在夏日夜晚的滚滚闷热中，把孩子哄睡后在门口说的这些话。）继那个男孩之后还有两个徒弟也死了。

师傅不就像那些生下孩子又失去孩子的母亲一样吗？生下又失去孩子的，或者流产了的？……他自己，已经当上了工头，快接近班主了，他自己也死了的话……师傅就会因为失去一个年纪轻轻就迈进班主门槛却死掉的工头而憔悴下去，伤心而死。那样一来，就成了一个人也没培养出来……有过这样的师傅的，徒弟死了，工头死了，都是年纪轻轻就死了，这也算是玩杂耍的人当中的不幸者了。很显然，他自己的师傅就是这样的。当然,没有谁会来跟他说这样的事情,也没有谁敢当他的面说。但没说的事情能当作没发生过吗?可以看到,手艺,玩杂耍的手艺就这样在这样的师傅手里断代了,就像没生孩子就死了的人一样。这些人中的大多数,尽管在众多师傅当中是出类拔萃的,成为大人物的也不在少数,但事实上不就是干枯的树枝、不孕不育的女人吗?他们都是一个师傅教出来的,但这些人却培养不出什么人来。事实上这些人的传承并没有断,断的是这些人培养出来的那些人的传承。

但他本人还在。他从兜里掏出镜子照了照鼻子右翼底端:不仅没有痣,就连灰尘都没有。那就是说他会活下去,师傅也算是培养出了一个人,也就不会被人说成是不祥子孙了。师傅要想从这当中解脱出来,从某种程度上来说他就必须要死,徒弟、工头,在他死后会升任班主的工头就必须活下去。

他一点也不喜欢这种思路,可笑、可悲与可泣相互交杂,彻底搅糊了他的脑袋。

他睡了一觉,醒来太阳正在下山。"快到回笼的时间了!"他突然大声说道。他吃了一惊,这又从何说起?什么时候起……

那天早上,师傅把手里的茶杯放下,站起来去照了照镜子。这时像是有只手在挠他的心,师傅也会看到鼻子右翼底端的污点吗?而后他在心里又想,就算是师傅也很难看到痣。

只有他才能看到痣，他从没听师傅说看到过这种东西，他们从没聊过。大概师傅更多地是看看眼睛，看看眉毛，而不是鼻子。师傅转过身来："今天我们不干活了，你也不需要上绳了，待在我这样的老头身边能干什么呢？"他说道，"怎么说我这都是快要死的人了。"师傅这么说，要么是看到了痣——但这是不可能的——要么纯粹是一种巧合。他的嗓子被堵住了。过了一会儿，"别这么说，"他只能这么说，"你又没教过我对于这种话我该怎么回应，我也不知道该说些什么。"师傅笑了，说："去吧，去逛逛吧。"

笼子……曾经有过，在他自己的话中，在师傅的话中都提到过。

以前经常从笼子里逃出来。而逃跑……

他难道不想当一个杂耍巨匠吗？这么多年他没有为了当班主而努力过吗？他疯狂地喜爱他的行当、他的手艺，他的杂耍行当……

在那天之前，他从没想到过他所说的疯狂地喜爱这种事情。人喜爱空气吗？呼吸着空气，活着，仅此而已。这也是经常听到、有一天也会随口用到的一种说法，一种套话。

他喜爱他的行当超过了疯狂，没有它就什么也干不成了。但他也爱他的师傅，一点儿都离不开他。

他所有的这些激情、这些感情，不是继承自师傅的话又是继承谁的呢？激情也好，喜欢也好，总是要回笼子的。

傍晚，他看了看师傅，似乎鼻子底端的那个污点又大了一点，内心满是担心。这种担心，驱散了他在水边所想的那些。第三天他一点怀疑都没有了，师傅要死了，痣在长大。

他魂不守舍，不知道怎么办，除了看着这颗痣，看着这颗痣长大，他什么也做不了。这几天他们又重新做起放下不知道多长时间了的那种危险的假摔跤把戏。在绳索中央摔跤的时候，他心都提到嗓子眼儿了，怕师傅因此而死去，怕师傅死在他的手里，心里一片黑暗，怕因他的呆愣而导致出事。他知道这种死亡不像其他死亡，他知道他会突然变成孤孤单单一个人，越想这些，他就越想拿脑袋撞墙。这样也许会更好，他尽力

这么去想

即使他模模糊糊地感觉到有些人不怕想这些……

看着那颗长大的痣，他都要疯了。这是他唯一可以诉说心里话的人，他不能让师傅感觉到任何事情，这折磨着他。

当那颗痣长到橄榄那么大的那天晚上，在绳索中央，他放慢脚步，看着师傅走过来。他到了跟前，他们互相抓住了对方。那天晚上轮到师傅迈错步子。他像弓一样绷着身子，以便跃起从身后抓住师傅。演出结束后师傅不会说他错误的步子迈晚了，甚至都不会让师傅感觉到他迈晚了，因为他不想让因担心手指最轻微的一弹导致盖了多年的墙倒塌而生气训斥他的师傅再生气了；甚至，哪怕明天早上我可以编些什么，我

病了之类的，找一些借口，说我们不上绳了吧，或者说，这么热的天，你别上了，我尽我所能一个人应付观众。他心里转过了许多个念头，他感觉没有一个能骗过师傅，他变得更小心了。但他不会让师傅感觉到的，一定不能让他感觉到。现在他轻柔地抓着师傅的身体，随着师傅的动作调整着自己。首先，哪怕没人注意到，他也会先表现给自己看，再表现给师傅看，自己已经是一个非常老练的玩杂耍的了。师傅如果老练的话，是他师傅的话，他就一定能注意到这一点的，也必须要注意到，必须要亲亲他的额头说你很老练了。今天晚上他要表现自己。想着师傅也许在考验他，想着师傅不知道工头心里的担心，而他也不知道这是个考验。这个考验是为了在失去了这么多徒弟之后还能感受到因这徒弟达到师傅的水平而带来的骄傲，是为了在死之前，在被打败之前，就在今天看到他达到这一步而感到自豪。但想这样的一些事情难道就不会让人觉得他还没有达到师傅的水平吗？当师傅就要在他面前死去的时候……

　　他等着，他还在等着师傅迈出最后一步。

　　师傅甚至都已经抓住了绳索中央下方的圆环了，但观众们围了上来，当他从铺满细沙的演出场地迅速扑过去的时候，在喊叫与惊叫声中，他没有听清师傅说的"天啊，你这个呆儿子"。他没能听到。

1970

在那块土地边沿上的森林里，迁徙而来的游牧者起先应该只有零星几个。他们从寒冷的高原、冰山、沼泽平原不停地南下，袭扰城市、农庄、集市，以此来解决他们的温饱问题。刚开始的时候，他们的牲畜也和他们一样疲惫不堪。北方的狩猎场、牧场已经满足不了他们居住了，或者说他们已经不满足于只有马和狗了。他们再也不想冬季在他们建造的村庄里靠树根、块茎和快速生长的蔬菜来填饱肚子了。

他们的人口越来越多。那些封建主的富饶土地对于他们来说属于南方，而对于这城市来说还算是很北方的。他们紧紧包围这些富庶地区，从四面发动了攻击，抢掠产物，而后退走。

第四次抢掠的时候，他们抵近了封建主的城堡。封建主在这片地区有许多军队，每次抢掠之后，逃走的农民都来到封建主的治下，封建主看到手底下增加了不少眼里满是怒火、真正想要为土地作战的士兵，但他还在等待。作战区域不能太大，这样才能抗击住分四路进攻的

因为从封建主的领地看过去，这些人已经出了森林，来到了跟前

森林人。

他们没能抗击住。尽管他们英勇地战死了。

封建主不得不在一波波的抢掠浪潮下承受失去土地、街道、房屋、臣民的痛苦。最终，他承认战败，向南迁移。

两三百年后，新的封建主在新的领地又重新遭到了抢掠者们的攻击，这些抢掠者还是来自森林，但已经不是游牧民了。

●

曾经的游牧民已经不再逐水而居了，因为他们已经不在冬营地，不在宿营的乡下过冬了，因为他们穿着一层层的毛衣、皮衣而不适合骑马了；他们已经体验过可以洗澡、可以扎猛子、可以看到水的乐趣，现在，他们追求的不再是水源，不再是泉水，而是水井，是浴室，是河流，是大海。

新封建主的新领地里有着所有这一切。

但这次他琢磨了不战败的方法，他真找到了。他和他们达成了协议，比赛

就此诞生。

●

市长宣布比赛开始后已经坐下了，但要走第一步，就必须等宫殿的影子遮挡住打扮好的水井。我们都在等待。我对面绿队卒子们的身后，他那高大的个子很显眼，午时的阳光下，他的头发散发着淡褐色的光芒。他看着我。我一个小小的卒子，把他这样的一个"后"

尤其是，我们紫队，都在市长的指挥下，我们的每一步都由他来决定，我们都要按照他的口令，按照他的要求来做。而绿队却没有人指挥，他们是不受控制的，根据情况，他们自己商量着决定并且迈出最适宜的步子。他们全都是外地人。

紫队中有十人是本城人，作为外地人的代表则有六人是从外地人中挑选的，而他们也听从市长的指令……

怎么，怎么能够吃掉呢？

由于没有人指挥，因而他们每走一步就要难得多。但是，我，只是个小小的，受人控制的卒子。

水井被影子遮挡住了，市长第一步就把我推向了前面。

Sekizinci

Masal

Bizim

第八个童话

我们的大海

Denizimiz

致
阿克罗玛海……

孩子们在沙滩上泥泞的地方玩耍着。温暖的波浪像滑过柔软的毛茸茸的牲畜的背似的接踵而来，淹过人们的脚、手之后，消失在了沙粒之中。孩子们的屁股上，粘上了湿沙子的地方有两个小圆圈。他们还没能决定做什么。他们在和泥，把泥巴做成一个个形状，带到不远处，弄碎，再重新和。他们挖了个坑，蹲在坑前，把刨出来的沙子堆到一旁用脚掌心踩实，把捡来的烟蒂、树枝、表面平滑的大鹅卵石扔进坑里埋起来，刚把坑面盖好又重新挖开。他们的声音听得不是很清楚，什么东西他们都可以玩得不亦乐乎。有时，他们会因为分不均匀一块鹅卵石、一块被大海雕刻成形的木板、一小截树枝而发生争吵，之后就会立刻把它埋进沙子里，不让引起不和的任何东西露在外面。鹅卵石也好——要是找的话——雕刻成形的木板也好，沙子里有很多。有一阵儿，随风而动着的被他们脚底踩着的一个信封角，又让他们有些不安分了。

上面的邮票锃光发亮，色彩缤纷，有些发皱。有一个小孩成功地把它取了下来，没撕坏，没弄皱；其他小孩张大着嘴，瞪大了眼睛，都看呆了；男孩拿起邮票贴在了自己胸前；伸出来的不少手定格在了空中；胸前贴上了邮票的家伙把拳头早都举了起来。后来邮票也加入了被埋进坑里的那些东西的行列。孩子们就这么静悄悄地玩着。

在后方，离得很远的地方，灌木丛里，一条蜥蜴因为这静寂而吓坏了，在微弱的一声沙沙声中溜走了。

女人们坐在孩子们身后不远处的亭子底下，聊着天，躺着，打着瞌睡，坐起来后又开始聊了起来。在亭子底座对角线的另一头，离她们有些远的地方，有两个男孩，晒得很黑，而南方人的皮肤本来就黑。他们仅仅为了凉爽一下才下海，很快就又回到亭子底下。他们在学习，大概是在准备考试，时不时地他们稍抬高腔，一个难懂的科学术语，出自书中的一两句话，缓缓地在沙滩上空飘荡，传向四方。即便是在亭子底下，也可以看到空气在不停地抖动。

从沙滩后方的灌木丛里出来了一只蜥蜴，爬上了一块大石头，趴在吸收了炙热阳光的石头上，肚子一吸一鼓。

男孩们又在海里，游着泳，随时都在重新欣赏他们所了解的大海里的他们所了解的绿植、黑蝌蚪、孔雀镜、水母、新鲜翠绿的李子。他们不仅仅是为了凉爽，也不是真的就为了游泳，而是为了在水里待着，为了幸福完整地体验胳膊、腿和身子在水里的半自由状态，为了在水的伸缩中运动，为了体验盐水浸入血液的那种感觉……这个咸水的问题，经常会使得俩人都很激动，多年前看过意思是"爱信不信"的一个标题，这一标题后的系统性知识所表明的血液和海水之间的相似性，慵懒地在俩人的脑海里翻腾着。在这样的一种类比中，盐、水、环境并不是会造成阅读阻碍的概念，碰到颜色、流动性、温度这些概念时他们才会停下来，笑这种同一性……他们一会儿说，好吧，我们降了温度，一会儿又说，好吧，我们来增强一下流动性，一会儿又说，别让血凝固喽，别让干了的血变成一块块、一粒粒掉下来。我们也找不到办法改变它的颜色的呀……他们笑这种相似性。好吧好吧，他们说，我们再动动脑子，找到改变它的颜色的一种……他们笑着，说，要解决这个问题，不是靠聪明，不是靠增加智力，而是要靠降低智力。要降低智力，也还是要动脑子的。而事实是，在他们游的这片静止不动的外海里，一个比水硬得多的像固体面一样的东西，迎面撞上了他们的鼻子、额头。改变它的颜色的一种……

> 沙滩那头水抽得干干的小溪河床里的淤泥里，一只青蛙，像是察觉到了临近的某种危险似的胆小怯懦地鸣叫了起来，跳向堆积在小溪与大海之间的鹅卵石，而后又改了主意，三连蹦逃向了河床的上方，感觉自己还会找到一块碧绿的水洼……

男孩们看着岸上的人们，微风吹拂着，却无法从海上带走盐分，只是把灰尘、沙粒吹进亭子底下的那些人的耳道、鼻孔里，吹到他们的嘴唇上、肚皮上……孩子们一脚灰尘一脚盐。现在,所有的盐,都只在他们这里,在海里的人的身上……水也在他们身上,时不时吹皱水面的微风也在他们身上。此刻只有阳光在陆上那些人的一边。他们笑着,说,至少火在我们这儿,在我们的心里。现在他们认为,大海在面对和血液一样的化合时可以把这当成一种优势。他们还要考虑温度,在外海,剩下又是颜色的问题了……把火的红色还原,还原成李子、树叶、苔藓、辣椒的绿色……比如说辣椒的火本是绿色的。哈,他们说,我们大概找到了正确的方法了。还原……必须要还原。必须要尝试一下。

在沙滩后方的滚烫石头上喘着气的蜥蜴,听到灌木丛里传来的沙沙声吓了一跳,闪过了那么一阵光芒……而后跳了下来,躲到了石头底下。它那偏绿的土黄色在凉爽的阴影中跟沙子的颜色很相近。一只冷漠的猫分开树枝走了出来,闻了闻石头上面和底下,四处找了找,什么也没发现,没再继续找,离开了。

高个子的那个说:"我的脚够到底了。"不远处中等个子的也说:"我也可以屈膝了。"现在他们的脑袋在水上一动不动。"好吧,我们说好要上岸了。"高个子的说。"是的。"中等个子的说道。高个子的回应道:"哈依!哈依!"他们笑了。这在很远的一个国家的语言中是用以表示赞同的话,他们是从电影里边学会的。"不能就这么上去,"高个子说,"我们把脑袋露出来了,知道不会淹死了,但我们还没了解到我们的敌人……有还是没有?有的话是谁？……"他们强忍着不发笑。中等个子说:"我们就在水里朝前走,水变浅的地方我们就爬着走,等彻底到了岸边再上去,哈依吗?""哈依。"高个子的说道。但他们不笑了,打算从远海处慢慢地靠近陆地,现在他们就是远古时代有手有脚的水生动物。他们缓缓地朝前走着,朝前爬着,努力体会着,体验着那第一个上岸的生物的所有小心翼翼。而后慢慢地,他们的背晒暖和了,开始有种烘烤的感觉了;胸前,沙子沉闷的沙沙声越来越大,肚子底下,鹅卵石也活动了起来:他们同时胆战心惊地朝着没有水覆盖但还湿润的沙子伸出了双手。中等个子也好,高个子也好,都看到他们丝毫不陌生的四个前肢相继插入了沙子。湿润沙子覆盖的地方、手指、爪上方的鳞片湿漉漉地散发着淡淡的土黄色、绿色的光芒。他们心惊胆战地鼓起肚子,抬起了头,缓缓地,艰难地,左观右瞧。沙滩上有着发出刺耳声音的大大的颜色各异的污渍。缓缓地把脑袋转向对方的时候,他们看到了彼此裸露凹陷眼窝里呆滞不动的大眼球。他们向岸上爬去。他们经过的一块木板的边沿上露出来的一颗钉子在高个子的胁腹部留下了一道长长的白色划痕。不久,逐渐发红的白痕处渗出了几滴血,见此,中等个子盯着身边人的眼睛,想说:"你看,我们的血还是红色的。"而高个子则想说:"哎呀,有点疼。"两人眼对着眼,就那么看着对方,看了好长时间。嘴巴张开了,别说声音了,就连咕哝声都没发出来,发不出来了。

1969

9

每次绿队赢得比赛后,他们就会迁居到最湿润、最肥沃的地方,在城里人的家里,在宫殿里住十年。要是紫队赢得了比赛,他们就会退回森林,靠城里人提供的东西生活十年。

没过多久,他们就融合在了一起,比赛也变得只是为了让人重温那一刻而进行了。选自城里人的十名紫队参赛者中谁知道有几个人的祖先就是森林人?

●

我们紫队的人都是棋子,迈出步子后就像石头一样待着不动了。我的眼睛一直盯着他。

我知道,他也在琢磨我,眼睛里没有其他人。绿队的人,不停地,一起观察局势,靠眼睛、眉毛来理解对方的意图。他们在位置上转来转去,不停地在动;脖子上挂着的链子上马、狗、狍子也在晃动着

但什么话也不说,只是互相看着对方

明白了对方的意图之后,

他们的卒子都拿着长矛,拿着马掌,拿着斧子、套索。我们在场地上完全散开了。

有几次我都遇到了危险。宾馆接待员说的"您要争取当俘虏"这句话一直萦绕在我的脑海,但当俘虏不是我能决定的,尤其是我一点也不想当俘虏。我的目标是他,是吃掉他。很显

然，比赛中绿队的人都是老手。市长的指令越来越少了，随着太阳西下，站着不动让我感到越来越疲惫。不知道多少步之后他到了我的侧后方。在我周围看不到他，无法看他，令我心里一片灰暗。

市长很老练地保卫着他的城市、他的水源、他的房屋、他的宫殿。而我却连唯一想做的事情都无法去做，无法朝他看去。

在我对面的座位上，像是有好几百双眼睛在盯着我的眼睛看似的。而我也知道他们没必要看我的。他们看的是比赛，已经忘了棋子都是人。他们对我们的指望也成了这

忘掉我们是人

之后……

两排塔楼挤满了观众，塔楼之间有一棵高大的白杨树。突然，白杨树后有一双绿色的眼睛朝我看来。他从树后走了出来，进入了场地，朝我走来。是一只孱弱的流浪猫，耳朵、鼻子在争斗中变得伤痕累累。显然，它饿了，靠近我，闻了闻，蹭了蹭我的腿。看到这一幕的观众有人笑了，但很快四周安静了下来。该我们了，市长在思考着。

最后他冲我喊了一声。随着我迈出一步，我们又面对面了。起先他像是笑了，我也笑了。

Dokuzuncu

第九个童话

别 弄 疼 我

incitmebeni

致
涂宗和弗莱德

这个世界上每个人，

  谁知道呢，也许应该说是"大多数人"，

都在为穿衣而忙个不停。

某个国度里的人们

  哪怕并不是为了一层层地加厚身上的衣服，

是为了能够在冬天的几个月里在刺骨的寒风中挺直腰杆而辛勤劳作生活着

  这是这个国度里某个人的童话故事，除了脱下衣服，他没有别的愿望。

  他是脱了衣服来到这个国度的，以为至少在这炎热的岛上，人们不会对他光膀子感到奇怪，不会想问一些尖锐的问题来让他心生厌烦。然而这个岛上也有冬天，时不时会从外海刮来寒风。

归根到底，必要的时候穿件棉袄并不是多么困难的事儿。除此之外，他本来就没想要更多的。但奇怪的是，这人的财富却不断地在增加。

不要说他见什么偷什么，或者做什么生意，就连讨好那些住在山顶的人来获取更多的伙食取暖费都没有过。

> 这些住在山顶的人，是好几百年前地震之后，害怕岛会沉没而把家搬到山顶的那些人的子孙后代；这些人是岛上最早的居民，是岛上最早的家庭，因此在这种荣耀下，他们为人处事更大气，他们的饭桌，他们的智慧，他们的钱袋，对外人要显得更为慷慨。

这人所住的房子位于离海岸小区里的学校最近的地方，他在学校当老师，上各种课。因为把自己的知识传授给别人，生怕漏掉什么知识没传授给别人而在各个领域当老师，某种程度上来讲也是一种脱光。

> 人脱着脱着就到皮肤，就到声誉、自尊了。要把这些东西也扒下来扔掉是很难的，真心想要脱光的人，时机一到，当他认为值得迈出这最后一步的时候，他就知道死是怎么一回事儿了。然而他总是想在明白这种行为的价值的人面前做这种只能做一次的事情。要是您弄错了，以为时机到了，在不恰当的地方着手做这种事，那您就会成为一个悲剧性的童话故事了。

除了上课外，人们还来找他写公文，因为他写的东西流畅，说法更通顺。

> 他写了大批大批的公文。外边的人给岛上送来了水，送来了面。岛民们也往外卖鱼。住在山顶的人和住在海边的人一起在下边干活。面包还是在海边的面包房里做，而后送到上面去。
>
> 住在山顶的人坚信自己的祖先是很有文化的人，才会在地震过后把家搬到山上去。岛上建立起了一套相当完备的秩序。他们总是让内部人生活在对地震的恐惧中，一代代地把这种恐惧传下去，他们把这当成是一种责任。地震中海岸被冲垮，裂开的部分掉进了海里。那时候岛上的人大部分都死了；房屋也大部分都掉进海里散了架。剩下的人把家搬到山顶去了，干活的地方由于是建造在海边房屋的后方，因此没有遭受损失，活还都在继续。对地震后来到岛上的人，岛民们只允许他们定居在海边。这些人当中，他们在很多很多年之后才偶尔同意其中最早来岛上的家庭搬到山顶去住。

这人在他出生、长大的国家里从不知道地震是怎么一回事儿，或者，因为没人知道而遗忘了。人们总是想方设法想要从不会晃动的土地上随时收获更多的作物，想要从播下的每一颗种子中每次都收获更多、更强壮的种子。地上的水总是像人们所希望的那样流淌，天上的水总是像人们所希望的那样下。人们认为必要的地方——规模宏大的城市，幅员辽阔的区域——都用透明的拱顶覆盖了起来，人、动物、植物，都生活在永恒的温暖时代中。

随着植物的生长，虫子也慢慢地长大了。虽然人们想了很多办法，但还是没能消灭这些东西，没能把它们赶尽杀绝。随着虫子数量在减少，个头却越来越大了。

> 他松开了手里的杯子，松开了手里从桌上拿起来的杯子。这对于想要脱衣服的人来说是很重要的。因为在此之前，不要说故意打碎什么东西，故意撕坏一块布，因生气而失手打翻什么东西了，即便是十年一次失手打碎或者碰倒一个杯子或一个瓶子，或是撕破了挂在某个地方的一件衬衣，他都会伤心地自责好几个小时。他不是为这些打碎的、撕破的、打翻的东西，哪怕它的价值很高。他伤心、自责的是自己的愚蠢：他怎么会犯这种错误呢？为什么这么不小心呢？但他从早餐桌上拿起来，举在石地板一米半高处一两秒后一下子松开了的杯子发出的碎裂声听起来就像大海的哗哗声那么熟悉，就像海浪摔碎时发出的哗啦声那么悦耳，他却浑然忘了这杯子是他作为纪念珍藏了多年的那只杯子，是他在遥远的以秘法闻名的国度看到工匠亲手制成后随身带到这里的那只杯子，是他细心呵护的那只杯子。

其他的动物也在长大，尽管数量在减少，但伴随着这种成长，它们从人类那儿偷来的食物份额却在增加。对于人类来说，他们为了能够从一颗种子中获得更多、更强壮的种子而流了很多汗，之后越来越多的劳动成果却让虫子、耗子抢去，这让他们开始觉得不堪重负了。生活在远处山村里的人，多年来，就像听难以令人置信的童话故事一样听着下面的富庶、辽阔，越来越多的人下到平原、城镇、大城市去了。这些人当然不是来分享富裕、分享那个童话世界的，他们并不是满脑子都是想获得那些东西的人，他们不相信那些东西存在。有人问起的话，他们就说，听说你们这儿有人那么大的蚂蚁，有大象那么大的耗子，我们是来看看的。再后来他们就会明白自己弄错了，但很少有人会回到山上，回到村里。他们会加入战斗，阻止那些虽说没有大象那么大却也有狗那么大的耗子吃麦子，阻止那些虽说没有人那么大却也有蝼蛄那么大的蚂蚁到处啃食。慢慢地他们就习惯了下面的生活方式；就会看到他们所不相信的那些东西都是真实的，搞不清楚自己为什么会相信那些让他们从山上下来的有关庞然大物的童话故事。

每年人们都会寻找并找到新的方法来保护种子，保护植物，花销越来越大也咬牙忍着。每次找到新方法后，他们惊恐地发现，虫子、耗子也在寻找并找到了新的途径，在短短的一阵溃败之后变得更强，造成的损失也越来越大，而他们只能眼睁睁地看着。为自己创造的舒适生活也便宜了其他生物，对此他们感到不知所措，他们没有考虑改变自身的状况，因此只能去找更新的方法。处理这些事情的开支也增加了，人们不承认失败而展示出来的勇气也淹没在了他们所寻找的愚蠢的解决办法之中。这时，新的一代成长起来了，他们看到了这种愚蠢行为，然而，这一代人找到的解决办法中，有些获得了成功，有些则带来了更大的问题。经常可以听到、看到，平原的农民们离开农村到城镇，离开城镇到大城市，离开大城市到更大的城市，到最大的城市，继这些农民之后，家养动物、人类都不再追捕的那些蛇、耗子、蚂蚁也成群结队大摇大摆地朝着人类所在的地方——也许是朝着死亡，也许是朝着更大的发展——走去了。

这个时期，这个男人快要从覆盖有拱顶的最辽阔区域的一所很好的学校毕业了。一天晚上两点后，他在回家的路上，经过了一排亮堂的商铺，商铺一人高的垃圾桶堆得满满的，摆放在了人行道的边沿上。一条毛光发亮、像是打过蜡似的大狗两条后腿站着，两条前腿在扒拉着其中一个垃圾桶，找到可以吃的东西后就扔给身边的另一条狗，这条狗比它要小得多，但比它要更漂亮。这人停了下来，盯着这两条狗看了很久。而后身材娇小的狗下了人行道，钻进了时速八十五至九十公里飞驰而来的一辆汽车底下。大狗在汽车后面追，直到三十五至四十米远处的小狗从车底下逃出来……汽车早就消失了。小狗的尖叫声在对面人行道的黑暗中消失了，大狗也看不到了。那天晚上，他的梦里，汽车不断地把人、狗吞进了车底下，又在不远处把面目全非的他们吐出来。人和狗越来越相像了，汽车则仍然满不在乎地继续恐怖的重要飞车比赛。

第二天早上他着手开始收拾东西,三天后上了路。

开始当上这座岛上一所学校的老师那天,小狗痛苦的惨叫声还在他的耳边。

他站了起来,甚至都没想到要清理杯子的碎渣,听着脚下的吱嘎吱嘎声走向门口,出了门,去了学校,心事重重。不知为何,他后来才注意到他的学生们——这些都是学文秘的壮小伙——心绪不佳,没精打采。

他就住在海边最高一排的房子里,住在离学校最近的地方,自打住进来就再也没挪过地方。其他的老师都是本岛人,有的人家在山顶,有的人家在海边。学校位于山顶居民区和海边居民区之间,因此更为安全。他们是这么跟他说的。自己没有房子,至少可以住进某一所学校里去……但这人拒绝了他们的这一建议。有人讲,住在山顶的人曾经因为比住在海边的人来得更早而骄傲。但这种区别他们应该早就忘记了。他在这儿很多年了,从没听谁说起过山顶人和海边人谁更胜一筹。反正,随着从其他岛屿来海边居民区定居的人数增加,山顶人成了少数,但这对于他们应该并没有什么影响,每年都有从下面搬到山顶的人。但在要求新来的人要遵守岛上的规矩这一问题上,无论是山顶人,还是海边人,都有点固执。仅此而已。

对于这位老师而言,地震不具有真实性。但可以看到,大多数新来的人,应该是因为从别的岛屿来的时候心里就带着那里以前地震的阴影，因此很容易接受这座岛上的人努力维系的危机感，虽然会有一点不知所措，但都尽力不把它表露出来。

对于岛上的人来说，情况是这样的：有一天还会有地震的，要是海岸再次被冲垮掉进海里的话，住在海边的人有一部分也许会躲过灾难，但船坞、码头、面包房会消失，而山顶人虽然保住了生命、房屋，但还是会没东西吃，没有着落。由于海边人想着地震时会死，面包房、船也会消失，因此对于把干活的地方搬迁到高处——哪怕是临时搬迁——的建议置若罔闻。

随着人口的增加，工作也在增加，没人抱怨没有活干或者活太多。老师的工作也可以说是无增无减。挣的钱也好，这些钱的购买力也好，似乎没有什么变化。本来就相当有限的需求，是因为不知不觉中成功地遵从了脱光这一准则呢，还是因为其他什么，本该会少得多，因为财富增加了。起先他对此只是感到吃惊，到后来变得有点不安，甚至陷入了恐慌。

财富增加的速度像是彻底加快了。他想不明白是为什么。他所能够想到的消耗这些不断增加的财富的方法都会让他彻底陷入困境。要么是买些什么东西，会增加他的负担，用他自己的话来讲，就是本该脱掉的，却反而穿起来了；要么是买这一类的东西，会吸引大家的注意，让人觉得他疯了，让人以为他是不相信岛上的社会秩序而攒钱或者想把钱换成物。他的这种外乡人的身份和从邻近岛屿来的那些人还是不太一样的。在他自己原来的国家里，大家都知道没钱的日子，也知道繁荣之后衰败，再从头、从零开始的情况……然而在这里,这样的事情是十分恐怖的。到今天为止,这人都不在那些死板的规则之内,这些规则一开始就针对外乡人,再后来就温和下来。现在,他又要重新而且是以最严厉的方式被看成外乡人,多年来辛苦建立起来的生活秩序要毁于一旦了。他真的建立起了这么一种生活秩序吗,还是只是一直这么以为?这也是这段时间开始特别令他头疼的一个问题。

> 快到五月底了,最近也快放假了。那天早上,当他拉开开着的窗户上遮挡苍蝇蚊子的帘布时,房间里和他心里都充满了一种奇怪的味道。像是花园的味道,像是铁路边的味道,像是汽车修理车间的味道。这些味道是不会融合在一起的,也不会汇聚在同一个地方的。但还是统一在了一股味道之中了。他想了想花园,想了想铁路边、汽车修理车间;童年时各个不同时期留下来的一组组意象涌现在了他的脑海里,涌现在了他的眼前。而后叠加在了一起,变成了单独的一个意象,这一意象极其有序地融合了留在远方的童年和这新家园的大海、味道、声音、人。似乎这人所有零散的一切再次汇聚到了一起。汇聚的这一刻,也许只持续了一两分钟,这一两分钟里他把从窗户飘进来的这种味道吸进了体内。这种汇聚给他带来了极大的幸福感,以至于他离开窗前往水龙头那儿去的时候都想不到要脱下这种情感,想

不到这种情感是他要摆脱掉的最重要的东西。把杯子从手里松开了很长时间之后，在他要去学校的时候，他才醒了过来……他突然意识到他打碎了杯子，但事情已经发生。他心里有的只是他把所有零散的一切都汇聚在了一起，有的只是这种汇聚所带来的幸福感，解都解不掉。最根本的就是他没能成功地脱下来。杯子像是某种报应似的才打碎的，但今后也没什么事儿可做了。就连学生们心绪不佳，没精打采，也都不知道为什么是后来才发觉的。他越来越心事重重，烦恼也越来越多……这种情况还是第一次。

在这座岛上发疯并不是一件开玩笑的事情，是被当作最大的犯罪、最重的疾病的。他们会把人从岛后方的岩石顶上扔进海里的，在老师的眼里，这座岛上基本不怎么有犯罪现象，即使犯了罪惩罚也极轻，唯独此事是个例外。岛上的人也认为这的确惩罚过度了，但不知为何，他们主张为了岛屿的平安，这种事儿是必须要做的，不能放弃，在这个问题上他们认为没有商量的余地。

他把可以想到的解决办法一个一个地都过了一遍，适应带着啃食他内心的这一烦恼生活，在不破坏岛上法律所需要的不变与僵化的情况下继续生活，成了他最终的解决办法，而这想法之前被他扔到了一边；但他很清楚，这些并不是什么解决办法，而是逃避……人们对疯子是这么做的，而他也决定对他的钱这么做。

那天傍晚他上了山顶，去到了后山。手帕里塞得满满登登系起来的钱，在衬衣下面硌着他的肉。到了地方他稍停了一会儿。在他把钱扔进海里的时候谁也没有看到他，但不清楚海水会把这些钱带到什么地方去。如果有人捡到这些钱，人们就会谈论很长时间，在人们谈论这件事情的时候脸不变色，仿佛自己也很感兴趣似的加入闲聊，应该会是件很可怕的事情。起先他奇怪自己之前没能想到这些，后来他打定了主意："那我必须把钱埋起来。"他挪走一块大点的石头，从兜里掏出小刀，费力地掏了个洞，把钱埋了进去；把土填平，把石头放回原地，站上去把它踩实了。天黑的时候，他心怀极大的安宁下了山；吃了饭，去了咖啡馆，处理了点工作上的事儿，就躺下了，睡了一个安稳觉。第二天早上，当他拉开开着的窗户上遮挡蚊虫的帘布时……

> 注意到孩子们心绪不宁，他又继续讲了会儿课，装出一副并不太在意似的，或者因为他知道孩子们很用功，很清楚孩子们爱学习，因此装作对孩子们的这种行为表示容忍的样子，想要知道他们为什么这么没精打采。这时孩子们七嘴八舌讲了起来：

住在海边的一个孩子，家就在用炉子做腌鱼的作坊的正中间的位置，一大早他妈妈就让他去抓章鱼，去抓鱼，说，去抓条章鱼来，因为男孩很擅长做这事儿，哪怕他妈妈把锅放到了炉子上，等他回来的时候水才刚开。男孩去了，去了他常去的小海湾，就是双海岬之间的那个海湾，由于两侧都是陡峭的岩石，因此你们不会知道的，但孩子们——我们也还是个孩子的时候——去过的，您要是愿意的话我们今天就可以带您去，并不是因为那儿鱼多，而是因为那儿很难爬但很有趣，于是孩子到了那儿……

这人听明白了的是这：

孩子到了那儿，吓了一跳，一瞬间还以为自己来错地方了。土填满了海湾，原先露出海面的岩石现在露在土外边。海湾两侧的岩石没有垮塌，还是原样。他所知道的树，他所知道的灌木丛，还在原地没动。也不可能是海水退了。土干干的，像是被踩实了的。孩子回到家时锅里的水早就烧开了。他妈妈起先气得要吼他、骂他，但听孩子说了以后，就让邻居家大三岁的儿子去了海湾。回来的时候邻居家的儿子说："哪还有海湾啊。"而后就跑着离开了他们家，去了学校，想把他看到的讲给同学们听。女人的脑子彻底乱了，因为自己儿子说过"为了抓章鱼，我在海湾里走了十五到二十步。"

这人根据他听到的，推断出的结论就是：

海湾很窄但很深，这种情况下，不可能是海水退了，那里——在没人知道的情况下——也不可能被某些人（或者某一个人）填满的，这都是不可想象的。根据孩子所说的，岩石、树都还是原样，也不可能是什么滑坡之类的。

"老师，您怎么看？"他能怎么说？所有讲述的这些，都是基于半小时、一小时内传遍所有岛民耳朵里的那些话。岛上的头面人物，还要在孩子们上这堂课的时候从海上过去看一看海湾的情况。最好是在情况查明之后再作决定。

傍晚时分，海边也好，山顶也好，都已经不再谈论别的东西了。从海上过去查看海岸的那些人，在两个地方碰到了相同的情况。不是海水退了之类，这些土是硬的，几乎没有鹅卵石，没有沙子，还是干的。

地震监测站的那些最精密仪器上的指针没有动过，也没在动。习惯了生活在对岛屿晃动倒塌碎裂的担心之中的、根据这种可能性拟定了所有措施的岛民们，不知道该说些什么。包围在码头前面那块空地的咖啡馆里争论着的人们突然听到了一个声音。天黑下来了。这是个尖尖的孩子声音，但不能说他声音大。孩子就在老师身旁。人们突然发现：应该是因为担心，大家都是低声在交谈。孩子说的也许就像是个孩子说的话，他说："我们的岛在变大。"他们不让孩子说话，但当他们躺上床的时候，心里的担心似乎更大了。睡不安稳了。

那天晚上，老师们没睡，翻遍了书，绞尽了脑汁，互相讨论到了天亮。天一亮他们就去了海边。

他们不得不接受了自己所看到的。他们所看到的远超他们所担心的。码头前方没有遮挡，但码头两侧的岸上，不少地方都有陷在土里的小船。一个有生命的物种是如何长大的话，岛也在那么长大，似乎某些地方、某些角在扩张。

两天内情况查明了,这的确是一种扩张,夜里扩张,白天停止。观察者们带着有强光的灯、手电筒认真调查了这件事情,突然发现放在水里的一条小船陷在了干燥的土里,也就看到了这么多。要增加观察的人数,要让他们保持清醒,就必须保证他们白天睡觉。但观察、弄清情况,而后寻找解决办法,意味着至少需要几天的时间。然而在第三天早上,岛民们明白过来他们等不下去了。在码头前方的大海,不少地方也开始退了。那天早上,为了抢救十二条小船,他们不得不把土挖开,这个挖掘花了不少时间,买卖遇到麻烦了。到第五天,还没能搞明白为什么扩张。以前有些人曾经说过"亲爱的,我们的岛有点小"之类的话,现在人们开始以不善的眼神看他们了。然而说或者认为岛小的人,应该不在少数。因怪罪的目光、怪罪的话而不安的人,对那些责怪他们的人说"有一天,你也会在地理课上,在咖啡馆里,在船上,在捕鱼的时候……"——他们已经不记得了的,也许从来没有说过的——来费心提醒他们的一些话。

领导者们要求不要浪费水和面包,他们向民众通报说,打电报请的专家学者三天后才能到岛上。对于事情会转好这件事上,岛民们越来越悲观了。

在历史都没有记载的一个年代他们就来到这儿,在这里定居了下来。与邻岛的人经历了好几百年的战争后获得了和平,建立了自己的生活秩序。这些事件的记忆还在扑朔迷离的故事里、史诗中传颂着。每年一次,连续七个晚上,人们都会聚集在海边最宽阔的沙滩上，聆听诗人们讲故事，聆听诗人们吟诵好几百年来只字未改的史诗，这些故事、史诗再一次叙述了这一历史过往。这些诗人的人数好几百年来没有变过，一直都是七人，每个人负责讲述一个晚上。由于禁止连续重复同样的东西，因此每个人七年内会把所有与史诗相关的东西讲完，第八年再从头开始。每个人都在第二个七年的中期开始培养弟子。培养一个诗人大概要花十七年，天亮前咽气的诗人，必须把他的吟诵技艺传承给他培养的弟子。

岛屿开始扩张，把诗人们的秩序彻底打乱了。虽然在学校开始教授历史知识的时候他们就要讲完他们的故事、史诗，但现在，他们想在历史书之前着手这件事，想在第七个夜晚的最后消除历史对他们的话语权造成的刀扎般的疼痛。在这一点上历史应该终结，话语权应该交给诗人们，直到有一天历史重新开始，这期间还是应该由他们来填补空白。他们发疯般地开始搜集新史诗的片段。下一个节日必须要持续八天了，诗人的人数也要变成八人了。他们决定培养资历最浅的弟子来做这个事情，不管他会到什么程度。他们要携手培养这个孩子……

但这次岛民们是在白天聚集在了以前为了聆听诗人们讲故事、吟诵诗而聚集的沙滩上，举行了一次盛大的集会，学校里的师生们、渔民们、卖水的、卖面包的都参加的一次集会。大家都放下手里的活来参加了，唯一没来参加集会的就是那些诗人们，更准确地说，是诗人和他们的弟子们……他们知道会上会说些什么，会谈论些什么，猜也能猜到。或者他们是这么以为的。无论作出什么决定，无论这个决定是什么样的，他们都会接受的。他们想做好准备，准备着有一天把历史停止记载之后的事情搬进他们的故事里、史诗中。

在会上讲话的人先是总结了诗人们所讲的，接着总结了历史书上写着的，再后来又讲了讲他们对于岛屿扩张的看法，表达了他们的心情。接着，老师们汇报了到那天为止他们所做的调查研究情况，并且报喜说他们已经开始寻找必须要采取的措施了。也就是在这个时候，恐惧这一长着红色翅膀的鸟飞翔萦绕在了岛上的山顶上。

发言者接二连三，络绎不绝；发言的速度也在加快。出来发言的人慢慢地开始说起一些令人难以理解的东西了。

正在扩张的土地会招来邻居们的觊觎；他们的发言中充斥着对于失去正在增长的这部分土地的担忧，这种担忧是所有担忧中最大的。还有些人说，多年以来，他们一直都是制订措施应对土地的减少，因此无法指望这会有什么天然的结果。

照这么下去，他们可能会挨饿，可能会渴死。他们不习惯于生活中任何东西有什么变化，却突然之间就这么看到了自己真正的能耐极限。他们心里产生了害怕，害怕自己变贫穷。要是不能成功地改善这种状况，他们的祖先不会饶了他们的。这么多年有序的努力，难道最终是要把祖先传下来的家园变成沙漠吗？

大家七嘴八舌，各抒己见。祖先建立的秩序不能破，但已经在破了，本不应该破的。

要破了。

恐惧这一长着红色翅膀的鸟在天空飞翔逐渐消失的时候，反抗这一穿着栗色衣服的马抬起沙子组成的云彩，从沙滩的一头跑向另一头，一头扎进了大海，立刻消失在了其中。

言称"要破了"的这些人的呐喊声在寂静当中消融散落了，人们沉默了很长时间。是谁这么喊的，让他们出来。

出来的，是住在山顶的那些最古老家庭中的年轻人，共八个人，一人冲着一个方向口径一致地讲了起来。

他们说："我们的诗人们在忙着给他们的史诗添加新的史诗，就让他们忙着去吧。嘴上说着'我们不要忘了祖先传下来的家园的根本，不要忘了最初的家园'的那些人，并没有来参加为拯救祖先的家园而在这儿举行的集会。我们想问问你们，这么做的人，真的可以算是在关心祖先的家园吗？"

现场鸦雀无声。好几百年来诗人们一直都被看成是半神圣的人。发疯是最严重的罪，而这些年轻人在把发疯之前的状态安放在诗人们的头上，这是种疯狂的举动。

年轻人们发出了一声长长的"哟"声，说："我们顶多是在嘲笑他们。"一股恼火的风刮向了人群，人们的胸腔里爆发出了一声"哟"声，让岛上的土石都发出了呻吟。

年轻人们问道："值夜的人睡觉，难道不正是显示祖先的规矩要破了吗？"

又爆发出了一声"哟"声,传遍了全岛。诗人们,在岛另一端的山洞里,知道在这么嘈杂的情况下是干不成活的,决定放下他们正在创作的第八个夜晚第四部分的故事,休息十分钟。

"我们在这儿讨论了三个小时了,既没有船下海,也没人做面包,也没人在等待靠岸的船。把我们召集到这儿的管理委员会委员们怎么能声称他们为家园着想呢?"

代表山顶居民区的十名委员,代表海边居民区的十名委员,从老师们当中推举出的三名委员互相看了看,聚在一起,正要开始说"我们……",岛民们发出的"哟"声,吓了他们一大跳,滚落了一地。岛民们朝他们涌去,用脚踢他们。

"够了!"年轻人们异口同声地喊道。岛民们不吭声了,一动不动地等着。"你们也看到了,诗人们和管理委员会就这点能力,"年轻人们接着说道,"然而我们一喊'要破'你们就生我们的气。我们现在先来看一看还有哪些部门没有倒台。卖面包的,卖鱼的,卖水的,你们哪一个曾经想过'我们别都去参会了,一半人去,一半人继续干活'?"

这次的沉默持续的时间比较长,飞在他们头顶上空的鸟都吓得朝另一边飞去了。有些人低着头走向了商场。八个年轻人,又责怪了其他人,沙滩上的人们越来越沉默,人也越来越少,越来越少了。留在沙滩上的人,随着人数的减少,越来越相信自己不会被责怪。年轻人的话越来越柔和了。他们会让岛屿摆脱死气沉沉,摆脱那些已经毫无意义、很明显每时每刻都有可能会破的祖先的规矩,让岛屿获得一种新的思想，获得一种新的思维方式。做这件事的时候他们要把各种权力都掌握在手中，要与那天在沙滩上唯一没有受到责怪的那群人进行合作。这个群体，就是由老师们成立的研究会。说到合作，老师们也不应该有什么误解。他们将满足于给人指明方向，满足于做人们所要求的调查研究。

那天晚上，他们这一十六个人的团体聚在一起讨论了岛上形势，要为此找到办法、出路；会上作出了决定，首先必须要阻止岛屿的这种扩张。更准确地说，八位老师，除了附和想要达成这样一种决定的八位年轻人之外，他们找不到其他的办法。八人都不忍心驳这八位以前的学生的面子。他们所做的调查研究并不能解释这种扩张的原因。在这一点上卡住了。怎么办呢？离专家们的到来还有五十七个小时，而他们是不是能够做些什么都还不知道。当八个年轻人逼迫他们就此局势想个办法的时候，一位老师，应该是受生活拮据的影响，差点说出要是不想要什么东西增加、长大，那就要把它切割挖掉之类的话。年轻人先是笑了。他们的老师是不知所措了呢还是怎么了？

但老师，他自己都不明白自己是受了什么刺激，继续说了起来，开始激动地阐述起了他的建议。时不时地，他看向他的同事，用眼神、点头的方式想让他们支持他。他自己也被自己吓了一跳，但他还在详尽地讲着该怎么去挖才能阻止岛的扩张，仿佛几天来他都在琢磨这事儿，根本不管听他讲的这些人是否会注意到他在说这些话的时候的颠三倒四。是他的大脑在转呢，还是他的舌头自己在动？他自己也无从知晓。最后，他说："事情就是这样……"像发条断了似的停了下来。

他像是突然醒来恢复了神智似的，吓得不敢看其他地方，眼睛就盯着眼前。但他说完话后的安静，又使他振作了起来。他们不笑他了，显然是在琢磨他所说的。他抬起头，和其中的一位同事目光相对，深沉的目光下他的嘴巴隐隐约约有着笑意，这么多年所熟知的这张脸有点让人感觉陌生。

他哪里会知道他的同事在想的是一只打碎了的杯子和埋起来了的装钱的袋子？

打破沉寂的是年轻人中的一位："我们散了吧，好好想想，两个小时后再汇合，做出我们的决定。"

他们散了。

钱，杯子，岛。
但岛不属于同一系列。
这人的大脑仿佛疼得厉害，他感觉自己像是不得不在"头疼得厉害"这种被破坏了的模式下思考似的。首先，他在这座岛的祖传规矩的模式中看到了疯狂。此刻像老师一样、像读过书的那样、像个知识分子那样思考是不合时宜的，必须要像一个什么也不知道、此刻还什么也不知道的岛民一样思考。但他能这么思考吗？
连这都是没有意义的，是疯狂，是比说历史停止了的诗人们的疯狂还要大的疯狂。他应该从头开始。

这些天来岛民们在生活中都没有遇到过什么问题,他们可能遇到过。这也许跟对地震的恐惧在他们内心埋下的一种感觉有关,也就是觉得一切都是暂时的。而岛屿的这种扩张,正好与他们所害怕的相反,也与他们等待的相反,正好与他们希望不会发生的崩裂、缩小相反,也许是觉得好几百年了都没有发生,因而他们内心已经没有了想告诉任何人的欲望,慢慢开始相信不会发生了(更准确地说,是不怎么相信会发生了)。在他们慢慢地开始相信他们所害怕的事情不会落到他们头上的时候(但是他们也才注意到这样一种信心),他们碰到了脑子里根本没有想到过的事情,像是双重打击般的事情。几百年来针对设想的垮塌他们能够拟定出各种举措,而现在却只能提出疯狂般的建议,比他几天前为了把钱弄消失而想到的办法还要荒唐,还要疯狂……

但他能这么想这些事情,能够像来岛上旅游、随时都可以离开的人那样考虑这些事情,是一件痛苦的事。他并不是要离开,他没地方可回。但岛屿以一种从未见过的、从未想到过的方式走向垮塌

而且为什么要垮塌呢?为什么谁都不像是想去适应这种新的情况呢?也许真正垮塌的原因就是这。但

> 说出、表达出他的这种想法
> 当他们不久之后聚在一起的时候他本可以说的
> 以这么一种从未见过的、从未想到过的方式垮
> 塌，对于他本人来说也是一种结束，一种消失，
> 而且是以与其自身相称的方式。

当他们重新聚在一起的时候他要求发言，说出了他的想法。可以等待，看看岛屿会不会停止扩张。面对无可比拟的一种自然现象，人们与其凭借着与这一现象不相适应的知识来努力寻找解决办法

> 他眼前闪过成长着的、越来越凶猛的动物，闪过
> 营养越来越少、更为重要的是生活越来越没有分
> 寸的人

在他看来，不如研究这一现象，找到适合它的举措

吵闹声连他的思绪都压制住了。年轻人极力压制住吵闹声的时候，并不愿意相信他们所听到的。显然他当老师也当得不成功，他面前的这些年轻人曾经都是他的学生。

大家都赞成进行挖掘，他也应该是知道这一点的。此外，对于岛屿的命运这么不在意的一个异乡人

后面的他都不想听了。他真想放下一切，穿着身上的衬衣出海……

再说了，扩张了土地还可以开发利用，可以提升海上贸易的质量；而且专家们两天后……

他的这种辩解也被严厉地打断了。有人冲他说:"您要么离开,要么照我们说的,一件一件地去做。"

　　他说他不会走。

　　首要的事,就是要给专家们发电报。他们不想让专家们来。岛民们甚至已经自行解决岛上的问题了。而后,老师也要加入到组织挖掘这项工作中去。

　　他同意了,他甚至都不愿意去想他为什么同意了。

　　天黑前,要去挖开岛上各个码头、最重要的三个海湾、陆地上最具扩张危险的地方以阻止岛屿扩张的队伍就组织起来了,每支队伍五个人,要工作三个小时,这么轮着直到天亮。

　　第二天上午,挖掘的人们休息的时候,渔民们轻轻松松地去捕鱼了,运面粉的船轻轻松松地靠岸卸了货,卖水的又可以往山上运水了,岛上恢复了活力。

　　年轻人和老师们在管理委员会开会的地方,把空着的椅子扔到了一个角落,比起先前,坐得更舒服了。第一个提出挖掘的老师并没有骄傲。由于找到的办法取得了令人喜悦的效果,人们要求他去处理岛上的其他事情。两个小时后,那些事儿也都处理完了。

　　傍晚时分,当他们又聚在一起的时候,他们接见了岛民们的代表,代表们表达了他们的满意。而后,他们决定当晚要增加挖海岸的队伍的人数,让他们去挖之前长出来的地方。

第三天上午，管理委员会的委员们，在会议室里等待着代表们，等待着代表们带来面对岛屿的扩张取得了胜利的消息。但是什么人都没来。临近中午，处理完事情之后，他们有些心烦，散了。然而，他们听到的、了解到的东西又让他们在相隔不到一个小时的时间里再次聚在了一起。由于增加了挖掘队伍的人数，岛上做日常事务的人数减少了，事情出纰漏了。全体岛民聚在一起开会的沙滩，已经不再是沙滩了，三个晚上就变成了大大的一片平原。因为没有安排人去挖这个地方。看到这种情况有人就提出"我们把它变成农田，会有更大的好处"，建议把这些地方翻耕一下。起先讨论了一下到底是谁给说这些话的人灌输的这种想法；他们怪罪起了老师，发出了恐吓，说要是做这种事情，惩罚会很大；但显然应该是出于各种原因，他们不想这么严厉地对他。尤其是，争论了相当长时间之后，他们自己也接受了，认为开发利用这片土地并不是什么异想天开的事情，并不是在别人的怂恿下才想到的事情。但他们以委员会的名义正式发出了通告，这段时间挖掘是一项比翻耕土地要重要得多的任务，就这样阻止了这一倡议。那天晚上，从海上回来了的渔民说，周边岛屿上的渔民们的机动船靠近了他们的岛，近得足以令他们担心了。这也没有什么可奇怪的。随着岛屿的扩张，他们离其他的岛屿越来越近了。

管理委员会知道事情越来越复杂了。

决定白天黑夜连轴转，挖掘队伍二十四小时在位。负责岛上日常事务的人数尽可能地减少了，每班从三个小时延长到了六个小时。在这么高强度的繁重劳动的情况下，哪怕日常事务出些纰漏，大家也都是可以理解的。

　　管理委员会的委员们都没有时间去弄清楚他们的想法当中有没有什么不对的地方。

　　这时，岛屿白天也开始扩张了。

　　想要让学校现在就放假的，是委员会里的老师们。八位年轻人也要求全体山顶人住进海边搭建起来的帐篷里以节省时间，这样一来各项事务处理起来也会更方便一些。

　　四天后，人们明白过来了，光靠挖掘已经远远不够了。一位老师设计了一台机器，一个小时可以挖十个人挖三个小时的地方。目前，尽其所能，只能造出三台这种机器。但这也需要二十九个人每天十二个小时干三天。他们开始了机器的制造。

　　挖出来的土、岩石倒进大海，这都不用说的，一开始就是显而易见的。刚开始的几天，挖出来的土都是装上船尝试着倒到远海去，无法成功的情况下他们就把土倒到了后山没人住的岩石区。现在当他们在劳动的地方抬起头看的时候，他们就在四周看到了他们根本不知道的、认不出来的线条，到处是越来越大的土堆。

　　劳动条件一成不变，使得根本没必要采取一些其他的措施；管理委员会也没有必要在安排事务之外再设定一些严厉的规矩。但第十二天上午发布的通告却相当令人吃惊。岛上各种性事被禁止了。在一切恢复正常之前,人口一定不能增长,这是十分显而易见的事情。但比这更重要、更为紧急的是,岛民们每隔六个小时每天两次上班挖掘,在这种情况下他们不能为了寻求快乐,为了性事而消耗他们的体力,不能浪费他们的休息时间,性事会让从事高尚工作的人放松下来变得低俗,他们不能让自己沉迷于其中。

这份通告造成了什么影响并不是很清楚。在家里,在房间里,两个人本就很难碰到一起,到了要上班的时间把睡觉的人叫醒的任务要么交给了孩子,要么交给了闹钟,一天的时间都分给了工作、挖掘和六小时的睡眠,所有的岛民都已疲惫不堪了。

机器造好以后,他们并没有把它们用于海边的挖掘,而是用它们来把去海边的路上的土堆多少往后再推一推,他们觉得这更为明智。他们也是这么做的。

他们越挖越来劲,都没有时间看一看四周了。反正,由于四周都堆满了土堆,因此下班的时候也走不了多远,就在工地附近找个地方猫着睡觉。因为这些土堆,他们想看也已经看不到四周了。

第十四天上午,其中一台机器,又下到了海边,以前建在沿岸第一排的房子,也在它的帮助下,都被推倒了。

几天来所做的观察——总是有人说有人在做观察;这些是什么人?也只有管理委员会的委员们才能知道了;因为没有人看到除了挖掘工们之外的人了,也没有人能看到——几天来所做的观察，得出的结论是，扩张最多的地方出现在沿岸 (也就是沿以前的岸) 房子前面；人们都这么说。大概最应该在那儿进行挖掘。

还在继续推倒房屋，而山顶 (因为土堆而很快就要消失的线条) 那儿，另外两台机器的可怕的轰鸣声响彻云霄。

那天临近傍晚，挖掘工们注意到，轰鸣声，慢慢地，像是伴随着一阵水汽迷雾，越来越小了，他们立刻放下手头的活，费劲巴拉地爬上了周围的土堆，看到太阳下机器还在全速运转着，吃了一惊。两三个小时之后，天黑的时候，他们才明白，他们耳背得几乎可以说是聋了。他们心想应该是噪声造成的，就继续干活了。

第二天早上，他们发现，他们完全就在一片静寂中干着活，也就是说他们彻底聋了。土堆越来越大，今后，这也就成了唯一能够证明工友们还在干活的标志；朝两旁望去的时候只能看到这些。或者 (要是离原先干活的地方近的话)，下了班后去处理岛上的其他事务之前，他们就去吃饭，睡觉。相隔一定距离，他们搭建了帐篷用作厨房。在离原先干活的地方远的人，除了挖掘，本来就不干其他的活。队伍，偶尔也还可以变动，但现在，越来越难以在土堆之间找到路，越来越难以不找错当作厨房用的帐篷了。饭菜也越来越少，一天比一天更没滋味了。

干活的时间延长了，队伍的换班也只停留在了纸面上；除了不管怎样都能送达队伍手里的有关挖掘事宜的书面指示，谁都没有跟谁见面，谁都没有时间或者力气去和谁见面。

他们必须要加快速度了，是这么要求他们的；必须要干更多的活了。他们要在挖掘的地方睡觉休息，而后重新跑去干活。已经没有时间可以花在路上了。饭菜也要由孩子带到工地来分发了。这些，成了最后一个通过书面传达的指示，成了最后一个消息。只有广播电台的工作人员才听说通过广播播发了类似的消息。他们的耳朵还能听得非常清楚。但岛上还有几个人没聋，而由于没人知道这一点，因此广播还在一天播发几次。

在聋了之后的第三天，在从山顶下到海边去的路上最陡的地方干活队伍里，负责操纵机器的一个人像是突然犯病倒在了地上。弄清楚了，是死于心脏病。推倒了沿岸的房子之后，他们把机器拉到了这里来。这里，既有机器在干活，也有挖掘工在干活。但由于指示中明确了出现死亡后该怎么做，因此队伍里的人都没有慌乱，立刻草草地把他们的工友埋进了附近的土堆里，为了不拖延挖掘的进度，重新安排人操纵机器后立刻都回去干活了，一直干到小女孩送饭来。通过她告诉上边这里少了一个人。临近傍晚，这支队伍上第二个班的时候，来了一位老师，顶替少了的那个人的位置。难道作出了什么决定，管理委员会的委员们也必须去挖掘，还是发生了什么才把这位老师派来了？那支队伍里的人都很好奇，但什么也没问，他们没有时间问。

三天前，在岛的后方，挖出来的土堆放在岩石上，这岩石承受不住这重量而碎裂了，朝大海垮塌了下去，以前山顶的一侧靠近这片岩石，这山顶最高处的居民区和中间的学校都垮塌了，死了很多人，都被埋在了土里。这位老师没把这些事儿告诉这些人。从高处可以看到岛全景的地方，由于原有土的滑坡已经上不去了；管理委员会的委员们被分散到了各个队伍，既可以干活，又可以亲自研究海边的情况，除此之外他们看不到其他的出路；甚至都没有商量好委员们在看到海边的情况后是否要会聚在一起；但这也没跟老师们讲。本来就因为他们耳聋，跟他们沟通交流很困难。管理委员会的委员们也和其他人一样耳聋了。

给他们送饭来的女孩那晚没来，他们也没怎么担心。也许会晚一点，也许是他们饿得早了点。他们干活干到了天黑，看起来没什么事情可做了。女孩还是没来，他们第一次从带在身边的袋子里拿出备用干粮吃了。天完全黑下来后，他们觉得睡觉会是件更明智的事情，就躺下了。

天亮时老师像是挨了打似的浑身疼，疼醒了。四周有股刺鼻的湿土味道。他立刻开始挖了起来。还是没有人送饭来。连出去找不知道在什么地方的当作厨房用的帐篷……这也懒得去做了。第二次拿出备用干粮吃了。一晚上，土堆的形状就发生了变化。吃的时候他默默地看着四周，注意到了周围不断快速发生的变化，却无法肯定地说出"这儿变了"或者"那儿变了"。他是那么地累，从早上起两脚一直泡在了水里，根本没有好奇为什么没人来把他叫醒，但挥舞了几次镐之后他注意到，队伍里的人一个也看不到了。周围的土堆一直在改变形状但并没有变大,这一点是肯定的。他转了一两个土堆,除了底部露出零星几把镐头和一两双脚外,看不到其他东西,他的工友们都被埋在土堆下了。

他想起了无声电影,再次想起了年轻时从没错过的连续放映的无声电影,想起了那些顶多用音乐来提醒人们耳朵没聋的电影……岩石垮塌的时候人们的耳朵听不到一点儿声音,也感觉不到任何晃动。不知为何他后来听说了这件事。这地方的滑坡——不管愿不愿意都要是无声的——显然也没有晃动……尤其是,在这里感觉不到晃动并不是件令人奇怪的事情。底部,是原有的土。我为什么没有被埋呢?他想要这么想一想,想要找出原因。后来又懒得做了。他要挥舞镐头了,仅此而已。

太阳升起来了;胳膊已经没力气了。

几天来(还是几个小时以来,他无法确定)他都没时间去想,现在休息了,可以想一想了。

他没被埋起来,显然是因为土是朝大海的方向塌下去的,其他的人应该是在离海岸近的地方睡着了;大概就是这样的吧;他努力地回想了下他们,回想了下见他们最后一面时的样子。他本人则在稍后方,蜷缩在了一个土堆上。天亮时并不是因为天亮才醒的,而是因为脚湿了才清醒过来的。此刻脚脖子都在水里了,就好像土堆在迅速减少似的,睡眼惺忪中看到的变化就是,四周发大水了。

虽然很累,但他还是能想一想自己会不会陷入担心、害怕之类的情感的。他努力想要远离大海,想要走向原有的土堆以逃脱慢慢前进的水。他有点惊讶于自己走得很轻松。他走着,但大海也像是跟在他后面似的。

这也就意味着扩张已经停止了;可见已经达成了挖掘的目的,也许已经超越了这一目标。他疲惫不堪地笑了。

他所站的地方可以看到岛全部的海岸,整个一圈,也就是说他在山顶上,在人们以为已经不存在了的山顶上。他可以看到四处都有土堆在垮塌、倾倒、消融。水在快速接近他所站的地方。不远处,滑落的泥土中裸露出来的一块上方平直的石头映入了眼帘。他走过去坐了上去,有点昏昏欲睡。周围有水走了又来,不停地冲刷着,石头周围的土变小了,散开了。突然波浪中出现了一些钱;在水上漂着远去。他感到嘴角一阵抽搐。这些也许就是他自己的钱,是他几个星期前埋起来的钱,但也有可能是别人的……

嘴角又抽搐了一下。

现在水已经到了他的膝盖了。周围浩瀚无边、几乎一动不动的水延伸向远方。水漫到腰部他也不动。

岛上剩下的唯一一样东西,是他的胸膛,现在是他的头,照这样下去,不会持续太久……

1971—1975

10

也许市长对我特别关照，把我从最可怕的境地中解救出来，在不保护其他人的情况下把我抓在手里，朝"后"的位置移去。

场地上参赛者的数量减少了很多，像是已经减了一半。

"绿"队还在坚持，在成功地推进比赛。他们都是比赛的老手。我和他对视着，他张开双臂，装作伸向我的样子，而后笑着握紧拳头，猛地拍向了大腿。

我渴了，我们大家都应该渴了。但我们无法忘记我们就是为了水而战的，比赛结束之前谁都不会有水喝。

关于比赛的知识我都是从他那儿学到的，我的师傅就站在我面前。但他并没有告诉我比赛是怎么进行的。在很像象棋的这种比赛中，棋子，也就是我们的名字，和棋里的是一样的，规则也几乎是一样的，有那么一两点跟棋不同。这些点也是市长今天上午才讲的。然而，谁也没问过我会不会下棋。事实上"紫"队的人没必要会。因为我曾经下过，因此我也没有推脱说我不懂比赛而试图抽身出来。我想玩，从一开始，从见到他开始，从他问我要不要参加比赛开始。

但他也没有解释"迁徙游戏"一词。要是知道的话我可以把玩迁徙游戏的花园叫作"迁徙花园"

的，但这个词，是我在什么也不知道的情况下杜撰出来的。而后我又想到了另外一件事。这里，并不是移民们的花园，而是这座城市中濒临死亡的猫隐退到此等待死亡的偏僻之地；这是"离世猫的花园"。

我们四目相对。他像是知道我脑子里所想的东西似的，带着有些嘲讽的微笑，像是在说"是的"似的点了下头。市长还在沉思，我开始玩起了自己的游戏。

你可以让我活的，我心里这么想道。

他的头，又一次，表示，是的。

但你不想让我活，因为你……

他的头，表示，是的，我？……

你想知道你是被爱的。

是的。

但你不想有人说有人喜欢你。你可以把我淹死在没人说过的一种爱里。

是的。

因为……

因为？……

我不知道。也许……你在害怕。

是的。

我中止了游戏。(游戏)变得越来越无趣了。

他没有中止。

我在等着，他说，是的……

放弃吧,我在心里说。市长咳嗽了一下。之前我动过。我又恢复了一动不动的状态。

一只猫在回树林之前蹭了蹭我的腿,我看也不看它。猫走了,它饿了,也许是累了。现在可能都已经死了,已经在这片花园里离世了。

市长都把我忘了,而我,这个小小的棋子

现在在防守下方,

而我,这个小小的棋子,除了"后",没想别的。怎么样把他……

但……比赛结束了。以我方的胜利而结束了。只需要我再朝前走一步就够了,没必要"想方设法"了。我并不是个好赛手,但要迈出的步子是一目了然的,实现我的愿望不会比这更简单了。

场上再次有了动静,在哪儿,是什么样的,我不知道。我所知道的,就是该我了。

一切都停了下来,都在等着我。而我在等着市长的指令。显然市长不可能下达其他的指令。我绷紧了全身,准备好冲上前去。我正朝棋"后"迈出一步,之后,"绿"队的"后"不管他愿不愿意就都成我的了……

市长在沉默中思考着,盯着我的绿色眼睛,第一次,冲我摇了摇头表示"不"。

对什么说不呢?

对他所想的。

别太可笑了,都已经走到这一步了……你当然不想让我吃掉你,因此才这么……

不。但是……

现在他想发言。他放弃了假装占上风,放弃了傲慢戏耍般地抚摸脊背,想要发言。他是怎么知道我所想的,那我也是怎么知道他所想的。想要达成和解、和好的不是"紫"队,而是"绿"队。我应该尽我全力去理解他的。

不,他说,你想错了。

我一下子反应了过来,他在拖延时间。他察觉到了我想做的事情,竭力想要阻止。此刻我们是处在敌对的状态当中。

到今天为止我们没成为过朋友吗?从来没有肩并肩过吗?

我们见面的那一刻他对我施了魔法。但,是我朝他凑过去吗?

我不想放弃我所想的,甚至都不看他了,开始用眼睛余光盯起了市长的嘴巴。市长作出了决定,开了口。

我没等他出声音,只是迈出了长长的一步,好几千人的胸中发出了风箱的声音。

嗡嗡声停下来的时候我听到了他的声音,他说:"将死。"伴随着身上、手里的铁器发出的震天的轰隆声,我在所站的位置上倒在了地上。

> **"**
>
> 因为每一个驼背都来自一个有点富有诗意的家庭
>
> 我们要是清醒过来，自己都可以给自己当学徒
>
> 为了赋予死亡的语词和孩子们生命
>
> 别忘了，世界上如果有哪一首进行曲演奏两次的话
>
> 那是为了既是师傅又是学徒的一个驼背[1]。
>
> **"**

---

[1] 埃·阿依罕《国家与自然》(E. Ayhan, Devlet ve Tabiat)，第43页。

O n u n c u

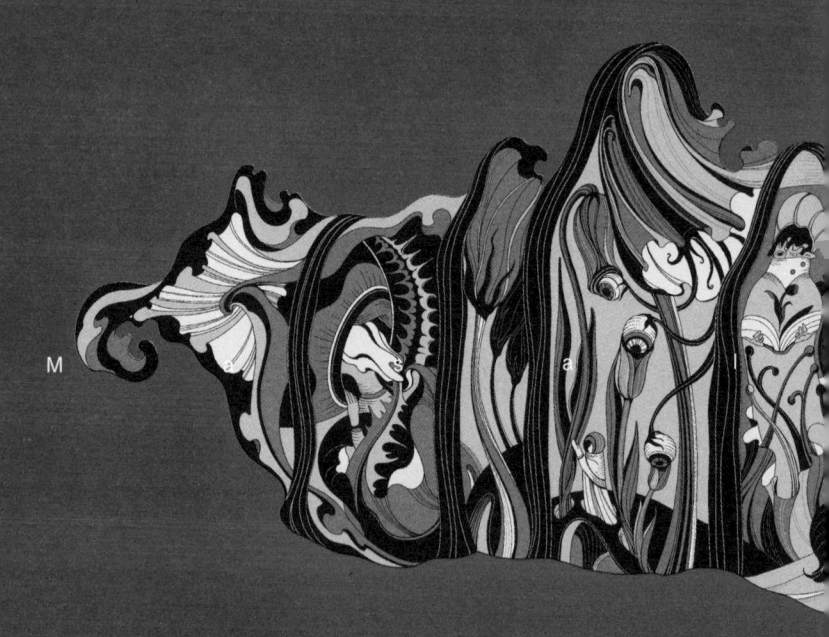

M a l

第十个童话

红　　　　　蝶　　　　　螈

红蝶螈（Alsemender）：是作者杜撰的一种花的名称。

A l s e m e n d e r

致
哈路克·阿凯尔

I

他背对着窗户站在他们面前。在因窗帘紧闭而笼罩在昏暗之中的房间里，他可以非常清晰地看到他母亲的脸，也能十分清晰地看到他母亲朋友的脸。母亲的脸上既有生气的表情，也有吃惊的表情。这是他从没见过的。她朋友则是一脸微笑，脸上也有吃惊的表情，俩人都在看着他。

每次需要抬头看的时候，他都能看到人们的脸上总是有一种奇怪的表情。而当他的目光遇上在街上经过他身旁的人的脸时，他常常会十分清晰地看到并告诉自己说，那些人的脸跟睡着了似的。只是街上的人都是睁着眼，大多数时候都闭着嘴。他就会立刻放弃这种比喻了。

"现在我不得不拿来给你们看了，"他母亲说，"要不然你雷菲卡阿姨就要以为我在说谎了。"他什么也没明白。他母亲离开了，又回来了，手里拿着——他非常熟悉的，喜欢的——藏青色的鞋。"看，"他看着他母亲说道，"这并不是靴子，我说得不对吗？""孩子，这种式样的叫半筒靴。"雷菲卡阿姨说。他母亲接着说道："看到了吧，别再掺和你所不知道的事情，不要不懂装懂，把真的说成假的，把假的说成真的。尤其是，一定不要说假话。"

说假话是不好的，他也从不说假话。他长大了，长大的过程中她们让他一点点地习惯了有话直说，不隐瞒他打碎了什么东西、撕坏了什么东西，但现在，她们又想教他，把想的每一件事情都说出来，吐露出来，也会有失体面的。可以说，他年纪轻轻就开始感觉到了可以说的真相与不能说的真相之间的界线；然而，随着年龄的增长，他越来越了解到不能只是感觉到这一界线，但是对于有一天能够划出一道明晰的界线，他彻底地失去了信心。

他十六岁了，一天他突然想起就去把头发剃了，想着：我该是什么样子就让我看起来像是什么样子，别让我的发型把我展示成另外一种样子……后来他明白了，有头发也好，没头发也好，镜子里看到的都是他自己，他一直就是他自己。但别人看他，就会看到两个极不相同的人；这也离不开真实的标准。他放弃了，开始两周去一次理发店，想让理过发的样子和没理发时候的样子相互接近些。

真的是什么？假的是什么？带着这些问题他先是读了哲学，接着是心理学；再后来，在研究大脑最精细的运转方式的科学领域里成了专家,除了这一学科,他还在其他许多可能与真假这一问题多多少少有些关系的科学领域里进行了研究。通过这些研究,他也得出了力所能及的许多结论。但仍然像是在概念之间玩抢壁角游戏一样。一个概念,把他推向了另一个概念;一门学科把他推向另一门学科。他没有畏惧,没有畏缩,但他知道,除了所有这些研究之外,他还必须继续他的日常生活;要继续这种生活,也就意味着要不断地过着表里如一的生活。

他是最知道表里如一的人,他也知道要骗他是很容易的。因此他说话、做事总是会想着随时会上当受骗,想要说真话却有可能会欺骗了自己,也由此可能欺骗了别人。他经常反省自己,在陈述自己看到的事情时,经常尽其所能地不作虚假的或者过度美化的、歪曲的、低俗的评论,常说自己该做的做了,不该做的没做。

自沉迷于研究古文献以来,自习惯了为学习前人所掌握的知识而去各个图书馆吃灰以来,他就步入了另外一个世界,这个世界有别于针对活生生的动物的活生生的大脑进行的各种试验,有别于逻辑学、语言学、数学、信息处理。有些知识看上去值得去核查,而对有些知识则只能笑笑了。但所有撰写、留下这些知识的人,都相信他们自己所说的,这种相信达到了令人吃惊的地步;这是一种平直的、肤浅的、清汤寡水的相信……说实在的,他能够理解那些心胸与他相比没那么宽广的学者对这些知识的嗤之以鼻。也许人人都喜欢编故事,前人如此,新人也如此。人总是会相信这些故事，而不愿意相信发生在眼前的事情或者别人所说的事情；即便看到的就是如此，他也会说事情的真相是另外一个样子，是另外一个完全不同的样子，一旦面前的人或物与他编撰的故事里的人和物不相符，在他眼里，是人——或者物——在说谎，而不是故事。也许人人都是如此吧。或者，"一般来说大家（都是这样的）"。但不管怎么样，有一种逃避就是借助于"一般来说"所拥有的一种神秘力量。直截了当说出来的真相很少会让人感觉到"美"，难道她们没教他这一点吗？

要是有人问他，也许他会说，世界上最表里如一的就是大海。这是他富有诗意的一面。要是人们要他讲讲大海的表里如一的话，也许他会难以解释。但尽管他母亲给他灌输了表里如一的理念，没有跟他说假话，却也给了他错误的或者不全的知识，而他也没有试图去研究一下母亲与大海之间有没有什么关系。

他在一本文献中——这是一本流传自十三世界的草药书——看到某种植物的详细介绍、功能作用的那天，他惊呆了。这种植物他之前也看到有人提到过，但从没有人给出过具体信息。

在他的国家里，人们普遍喜欢花，喜欢养植物。不在花盆里、油铁桶里、瓦罐里养开花的不开花的植物的人，屈指可数。各种植物、各种花都可以说是很美的，但人们尤其喜欢玫瑰。

众所周知，在城市和乡村，大多用植物炮制的偏方，几个世纪以来——应该是产生了效果的——都未曾弃之不用，如今也在大量生产使用；但因喜欢而养的花和用于制药的植物——必要时两者皆可——在人们心中的位置是不一样的。

郁金香和鳞茎植物身上可以看到的不同之处，不正是最典型的例子吗？以某种方式种植、以某种方式弄干碾碎后与其他叶子碾成的粉混合之后用于治疗各种痒痒的鳞茎植物，到处都是；而花，却在其传承下来的某种敌意的重负之下，变成几乎已被遗忘、无人知晓、无处可见的一种东西。

奇怪的是，流传自十三世纪的草药书上说的植物也是有鳞茎的。

这是一种生长在沙地、偏僻海岸、人迹罕至的沙滩上的一种植物，花呈白色或者淡黄色，光泽亮丽，花朵个大，呈杯状，不知为何人们把它命名为红蝾螈。书上说，这种花有一种很好闻的香味，但一摘下来就会衰败散落开来，其鳞茎弄干以后和其他一些干叶子一起碾碎后对于治疗痒痒有很好的效果，但书上还补充了这么一条：应该是由于独特的生长环境，即大海的水土没有遭受到破坏，这种植物的叶子有个重要的特性。在托着花朵的高高的杆茎底部生长着两片叶子，是像短剑一样向上长的，嚼过这两片叶子的人都疯了。(书中还补充说，有人嚼了三片叶子后全身僵硬而死。由此看来，应该是疯了的人被本能驱使，想要再嚼一片叶子以摆脱这种疯狂的状态，从某种程度上来讲这也是种解脱了——在这种情况下，必须要在附近再找到一枝花，要不然这种疯狂的状态大概还会持续下去的；或者，他们很喜欢这种疯狂，想要再疯狂一些才想再嚼一片叶子的，但很显然，没有时间嚼第四片了。但他们为什么想嚼第二片的呢？书上也不知道为什么，只在介绍这种植物的最后一行隐约提了一下，说实在的这很难称之为"告诉"……)据这本书上所说，只嚼了红蝾螈一片叶子的人，就说不出假话了。

看了这之后他不眠不休，疯了似的翻查了许多其他古文献；还不停地与许多古老图书馆的负责人们保持通信联系。除了他已知的，在这方面他并没能了解到更多有用的东西。只有在一本书中，是这么解释红蝾螈的名称的："传说古时候有蝾螈出生在火中，成长在火中，因而是红色的。由于极其罕见，所以谁都不相信会有这种东西存在。见过的人要么因为没人相信他们说的，要么因为难以相信自己的眼睛，因此通常选择保持缄默。传说随着时间的推移，面对没人相信它们的存在，或者由于只在故事里出现，极度伤心难过的红蝾螈，按照年龄最长者的指令各吃一片这种花的叶子，所有这些蝾螈改变了颜色，变成了人们已知、常见的这种蝾螈。知道这一传说的学者们也就觉得红蝾螈是与这种植物最相称的名字了。从那时起，这种植物就为人所知了……"（记载这一信息的书流传自十一世纪，除了简单介绍奇异的植物以外，没有记载其他的信息。这本书所在图书馆的负责人，在写了所有这些之后，在信的最后非常委婉地问道："我能知道一下您为什么对此感兴趣吗？"学者在给这位负责人的感谢信中费了很大的劲儿才解释清楚他的这种兴趣根本不值一提……）

一带而过说故事是很简单的，但对于故事情节学者却面临了一件很费脑子的事情：仅吃了那种植物一片叶子的那些红蝾螈，也就是红色的蝾螈，它们抛掉了天然构造中实际存在的东西，从某种程度上来说就是抛掉了它们的真实性，变成了人们所熟知的样子。根据这个故事，真实性在人们的眼中开始出现了。那么，仅吃了一片叶子的人变得除了真话就不能说别的了，这又是怎么回事儿呢？这种真话难道就是人们编撰的故事的真相吗？

他为调查之旅做了准备，出发去寻找荒凉的沙滩了，把安插在活生生的动物的活生生的大脑里的线、各种讨论、各种学术会议都交给了他的助手们，交给了他的学生们……

他打算从南部海岸开始。偏僻的海岸只能在海边才能找到，因此他雇了两个人，租了条摩托艇。人们都夸这两个人是老练的海员，说他们了解这些海岸的每一寸土地。他把想在什么地方找什么东西直白地告诉了他们，他们应该是听明白了，不到两天就为他找了三个不同的地方。

这些地方都是沙滩，但连红蝾螈的痕迹都没有。

第四天，他们在靠近的第八处沙滩上找到了他要找的东西的时候他们一点都没感到意外，说实在的，他对此反倒有些意外。他想要相信他的眼睛；"你们也看到了我所看到的，是吧？"他问两个海员；俩人有些惊讶，找到了知道能找到的东西后人为什么这么不相信自己的眼睛呢？接着他们笑了，把这归结为太激动了。在那片海岸——的确，如果人们所知的名为红蝾螈的植物就是它的话——整整有五株。足够把他们三人杀了，他想。多余的一片叶子也会在尸体旁枯萎凋零的。但这样的笑话连想想都是不合时宜的。

首要的是必须要让植物保持生机，别离得太近进行研究。这事儿，他用望远镜实现了。植物，的确，就是那本古书上所记载的那种植物。文字内容他都可以背下来了。他穿上了准备好的防护服，戴上面罩，上了岸，靠近了其中一株植物，尽量悄然无声地迈动步子。他这么做是希望最大程度上能够防止因为人靠近而可能给植物造成的伤害。他摘下了花，背对着其他花取下面罩闻了闻，被形容为非常美的香味在他看来，顶多就像非常美的大海的味道。花在几秒钟内就衰败散落开来了，像尘土一样飘落而去。他又来到了被他摘掉花的那株植物跟前；小心翼翼地，先摘下了它的叶子，而后把鳞茎连同它周围的沙子一起放进了他专门让人准备好的一个罐子里，带上了摩托艇。脱下面罩和防护服后，他给了两位海员一人一片叶子，问他们要不要吃。(那天给他们倾囊相授他要找的这种植物的特性的时候他们笑了，说："不可能有这种东西，我们就当没听见。"后来又加上了一句："您先找到再说，要吃叶子的话我们先吃，我们发誓！")他们迟疑了一下，而后吃了下去，还说觉得很甜。没过多久，他们说困了，就躺下了。

学者心想，自己是疯了，对于那本古书上记载的信息居然这么相信。怎么能够证明这单独一片叶子不会对这俩人造成伤害呢？找到一样新的东西就那么激动，怎么就那么轻率！——为什么不能直白地说呢？——怎么就那么缺德呢？一开始就把事情的真相告诉这俩人就够了吗？而且还是在他们不相信的情况下……

事已至此，那就让他们睡吧。

他先穿上防护服，戴上面罩，把其他花的鳞茎一起移到了专用罐子里,放到了摩托艇上,而后,坐在睡着了的俩人旁边等到了天亮。他们要是出点啥事儿,他要怎么办,又能怎么办?他不知道。但什么事儿也没有发生。太阳升起来的时候他们面带笑容,伸着懒腰醒来了。"我们要回去了。"他对他们俩说;他想要尽快回到实验室开始研究这些植物。他躺下来睡着了。

在梦里他不停地种植红蝾螈,把叶子——每人一片叶子,都是每人一片叶子——散发给他的朋友们,散发给街上的行人,让他们吃下去,而后又回到实验室。这是一个由海水、海风、偏僻海岸、岩石包围起来的像沙滩一样的实验室,里面有着一切必要的条件,不会受到任何生命体的影响。他种植红蝾螈,把叶子——每人一片叶子,都是每人一片叶子——给生活在这个国度里的每一个成年人、少年儿童,让他们吃下去。后来误把这些叶子每人两片、三片地散发给人,站在他们身旁等他们吃下去,他喘不过气来了,憋了一身汗,吓醒了。海员们打开了专用罐子,把所有的叶子都吃了。他想喊,可发不出声音。他朝他们扑过去,他们一指头——仅仅一指头——把他弹进了海里,摩托艇开走了,他努力地游着,水冰凉。他没力气了,总是被海浪打落下去,喝了水,沉下去,又起来。他感受到了溺水的愉悦,肉身的每一条纤维里,烦恼都消失了。真快!他最后看到的,是一片郁金香花圃。他在郁金香中间挣扎着,郁金香把他遮盖了起来。他用尽最后一点力气,想把缠着他脖子的郁金香拽掉,双手碰到了硬木板,光映入了他的双眼。他闭上了双眼,又缓缓睁开,海员们就在他面前。

"您大概做噩梦了!"有一人说道。"我们靠近港口了。"另一人说道。学者努力坐了起来,想要清醒却很费力,进港口的时候才有力气去看专用罐子里的红蛛蟓。他想给海员们付钱,其中一人笑了,"我并不是什么海员,"他说,"本不该跟您说的,我是被派来保护您的,和您一起被送到这里来。"另一人也笑了,"我也不该说的,但我的任务是监视您,"他说,"您应该也会认同,像您这样的学者既要受到保护,也要受到监督……"

他脑子彻底乱了,但不久,他想到了,在那本古书里面那位学者写下的叶子的功效也许——就在他眼前——正在得到验证。他没出声,笑了笑。"这种情况下,"他说,"你们就把我,把我的花都带到我的实验室去吧,我找不到比你们更好的助手了。"他早就知道有人在远处监视着他,但从没这么近距离地看到过。

他们先坐了火车,后上了飞机。那天晚上就开始研究起了红蛛蟓。

●

不说假话与说真话。尽管一直以来都是作为等价的指令,但从一开始这就是两回事儿。在教育、生活的各个阶段,两者都是同时作为主要的美德的。但真正不说假话,尤其是说真话,在日常生活的小事情上几乎算是一种缺点。说得好像一开始就注意到了这一点似的,为此而挨的批评还少吗?

有一阵子他觉得人人都有缺点的,试图就这么撒手不管了,却不成。就好像重要的不是不说假话与说真话，而是要让大家相信自己具备表里如一这一美德。批评他表里如一的人，事实上是在指责他是个骗子。或者他们直接就说"你实际上是个骗子"。当然这都是在日常生活当中。日常生活之外，所谓表里如一与说谎成性，都穿着"错误——批评——道理"的外衣，导致无休无止的争吵。有些人说他是骗子，有些人找人来说他是骗子——不应该冤枉他们——也有人凭借科学威望，敏锐地指出："最巧妙的谎话都是套着表里如一的外衣来说的，他本人已经成为最会说谎的人了。"

而在他看来，真正的缺点是：

对面的人可能会说谎，这是他最后想到的，也许从没想过。能够让人说谎的情况并不是没有。对患有绝症的人说"你要死了，你只有几个小时了"，这是没有意义的。知道是真的就够了，没必要——像是回答一个没有问出来的问题似的——说一些不开心的话。但也没必要因为别人问了就不懂装懂地说一些漏洞百出的谎言。为什么要说谎呢？在这种情况下他是准备好了要相信所说的每一句话的。他主要的错误就是把日常生活的愿望和信仰放在一个隔间，而把"科学的怀疑"或者心理学所教授的知识放在另一个隔间。他的同事们——说他是骗子的或者找人来说他是骗子的他的同事们——极其精巧地当头打的棒子中的一个不正是"瞎话"吗？他曾经做出过决断，认为在这种情况下唯一的出路，就是相信采用切实有效方法的科学。这种现实主义科学，自然会有一天与日常生活重合……也许这也是一种乐观，而且是傻傻的、呆呆的乐观。但谁又能是个完人呢？虽然天外有天，人外有人，可他并不属于这类人，就这么回事儿。

然而，在相不相信流传自十三世纪的一本书这个问题上选择相信，他并没有做错。他找到了植物，而后并没有因为让那俩人——在提醒了的情况下，本该有些害怕的情况下——吃下叶子而有一丁点的害怕。(难道这俩人是因为有任务在身，为了搞明白这种植物是不是真的具有所说的特性，才冒着生命危险笑闹着吃下了叶子？还是因为他们不相信那本古书呢？)要是这俩人没受到明显的伤害，难道他就不算是干了傻事吗？科学，怎么也掩盖不了日常生活，照这样下去是无法掩盖的……要想保持缄默或者说出真相，科学还要作出多大努力？

●

他一边努力在所有必备条件都已具备了的实验室里种植培养红蝾螈，一边开始解析当今植物学根本不知道的这种植物的叶子。不光是叶子，还把咀嚼或者消化吸收时叶子上的混合物可能形成的新的混合物算计在内……到了一定程度后，信息处理也要参与进来……两个前海员也加入进来这个六人科研小组，两个月来，在实验室里，小组极其秘密地探索着这一研究的各种可能性，并开始跟踪了起来。他们还秘密地准备着有一天可以找来受试者，用最少剂量开始有限度实验。

●

一天早上，他在桌上发现了一封信；来自一位图书馆负责人，就是这位负责人把十三世纪流传下来的书上记载的有关"红蝾螈"的信息告诉了他。

这位管理员觉得那本书很有趣，本来是随便翻翻的，却在文字很难理解的情况下仔细看了整本书。那本书里有关于植物的各种传说、童话故事，他不知道尊敬的学者对这些会不会感兴趣，但他认为学者一有机会就来他所在的城市研读那本书，应该会对学者有用的。

看到这儿，他抬起了头，眼前浮现出他从没去过的那座小城，尘土飞扬的街道，一边在千辛万苦修缮某些老房子，一边镇定地看着有些房子在众目睽睽之下被拆除的人们，一面古墙和新的栅栏围起来的图书馆。而图书馆负责人——可能年轻，可能年纪大——应该是一个喜爱堆在书架上的这些书的人，会为了没人看这些书而伤心难过，看到那些来图书馆学习，却除了交头接耳、嗤嗤窃笑外什么也不做的学生就会生气(但要是连他们也不来的话图书馆就彻底空无一人了，因而他能做的就只有提醒警告)。大概是觉得一位首都的学者问某一方面的问题是一个机会，因而尽心尽力地先介绍图书馆，再介绍他本人，想要最终为图书馆——谁知道呢，也许是为他自己——争得一些好处……他笑了，把镇纸压在了信上，锁好门，随着来叫他的助手一起去研究电脑不久前给出的初步结论了。

●

结论很有趣，似乎有望搞清楚迄今为止根本不为人知的两种混合物了。必须考虑到各种可能性，用更精细的方法来进行解析。一方面要在动物身上开始剂量研究试验；虽然明知只能得到粗枝大叶的结果……也许很长时间之后，也许在稍微短一点的时间之后，可以推进在人身上的试验了……

再次回到桌前，看到镇纸下压着的没看完的信，他感觉又累又饿。去吃饭的路上他猜测着信的后半部分写的会是些什么，准备喝咖啡的时候再详细看。带着深沉的微笑跟吃完饭回来的熟人、同事打着招呼，想象着图书馆负责人应该是个白头发、白胡子的驼背，是一个怎么掸也掸不掉书上的灰尘的声音颤巍巍的老人——不，不可能是的。这人的用语、笔迹都很年轻；写信的人认同古文字难以读懂，应该是个年轻人。他把手伸进了口袋，又放弃了。他要等咖啡来了之后再结束这种猜测。这个年轻的负责人，一心想吸引学者的关注，也许会得到他不曾想到的帮助而获得名声，在职业生涯中再进一步。这当然没什么好奇怪的，但……

饭菜端上来了，一位爱唠叨的人真的耽误了他不少时间，他担心喝咖啡的时候会没时间看信，好不容易把这人打发走了。

他猜对了。负责人说他三十岁，显然，年纪轻轻就已经出类拔萃了。在信中透露自己的年龄是想让人察觉他不是个普通人吗？但他在写年龄的时候，有一种表达歉意的意味在里边，信里写着："我才三十岁，因此在我具备的见识的许可范围内阅读这本古文献的时候……"这人把最有趣的消息写在了这儿，"您相信吗？郁金香花圃的传说在这本书里也是以据一个古老的童话故事所说开头的……"

郁金香花圃，一下子，把他带到了在海边所做的真实般的梦里去了。

没见过面的，也许永远都不会见面的这位年轻的管理员，一下子搅乱了他的脑子，搅乱了他的内心。

他没看完信，就把它塞进了口袋，最后两页他不看了，不管写了些什么……还要写封回信，简短的，语气肯定的。

傍晚，他独自一人在家里沙发上舒适地坐着的时候，突然之间，思绪纷呈。郁金香花圃把他带走了，但伴随着那个传说一起的是另外一件事情……他想不明白是什么但总是令他担忧的一件事情……传说，按照他所知道的、他所记得的，是这样的：

曾经有一位指挥官，赢得了一场又一场胜利，他的名声就连皇帝都开始感到不安了。他向所有的邻国征收贡税。有一天，其中的一个而且是最小的一个国家，接连袭击了一个富庶的边境村庄，抢夺了村庄里所有的油、麦、钱。消息传到首都，他就领兵朝着敌国而去。到达边境的时候，不忍心让马匹踩踏面前的郁金香花圃（那时候郁金香在国内很受喜爱，几乎等同于圣物），就让军队从旁边绕着走。敌方的部队看到他来了，就发动进攻把村庄点燃摧毁了。指挥官被斩首了，但那村庄恢复原貌和这一地区边境关系的缓和加强，花了两百年时间。

随着时间的推移，指挥官被人遗忘了，但针对他的怒火应该是转向了郁金香，这次事件很多很多年后（不仅书上这么写的，童话故事里也都是这么说的……），种植郁金香在这个国家被坚决禁止了。国家明确了可以种植郁金香以制药的人，宣布喜欢种花养花的可以种植培养玫瑰。虽然这个国家没人种郁金香，这种敌意并没有随着时间的推移而减少，反而变强了，从植物扩散到了插画，看到郁金香的插画，人们就会把它撕下擦除，代之以玫瑰。擦除郁金香和画玫瑰，在那段时间里，成为许多家庭谋生的行当。（还是——和各种禁令一样——有一种说法很普遍，说是有不遵守这条禁令的人，好几个世纪以来，偷偷地种植郁金香……这类人是不认同这一禁令呢，还是生来就喜欢郁金香，放不下郁金香呢？这是个一直在争论的问题。）

其间过了好几百年，但郁金香再也没有获得人们的谅解。这几百年中，喜欢郁金香的人，时不时地想要公开他们的这种喜好，不想因为这种喜好而感到羞愧，对此有的人受到了指责，有的人则在没被开除、没在最佳时机被流放到偏远地区的时间里当上了只种植玫瑰的花园、苗圃的——终身——最高领导……

传说，传说的背后……所有这些都是好的，美妙的，但似乎还有什么贯穿了所有这些思绪，令人担忧的什么东西……

●

学者决定要写封简短、语气肯定的信，很长时间都没能写。一天早上，他在桌上又找到了来自图书馆负责人的一封信。

实验室的工作有一段时间没怎么进展了，他们卡在了某个点上，他们知道必须要搞清楚的一种混合物怎么也搞不出来。

是该说从他们手里呢，还是该说从他们眼里，无论从什么地方，两个星期来，总是有什么东西漏掉了。他们和怎么也搞不清楚的这种混合物玩的就像儿童的捉人游戏一样……

可以说，学者在寻找着从安插在活生生的动物的活生生的大脑里的线上得到信息的那些日子。之前他把这些和打开了的颅脑、安插在大脑里的线、仪器都交给了他的助手们，每周一次从他们那里接到研究报告。他现在看那些报告都羡慕得很。他放下了所有对化学的痴迷，马上就要着手进行一系列有趣的群体试验，着迷于让人吃下叶子或者叶子精华。是累了还是怎么了？

那天晚上，他坐在沙发上把猫抱在怀里哄睡着之后，从衬衣口袋里掏出图书馆负责人的信，看了起来。

为时已晚了。

越看信越感到不安，这种不安很像之前那封信所带来的不安（给他这种不安感觉的是信吗，他也无法确定），但似乎可以下个定义了。因为没看完就把之前那封信放下了而后悔，特别是把那封信（大概已经撕掉扔了）再找出来看，已经完全没有意义了。他是在哪儿碰到这位图书馆负责人的呢？

负责人在信的开头写道："我既盼着您回信，又不指望您回信，您应该是生气了。"让人生气的话大概是在我没看的那部分里。可能写了些什么话呢？"这次我就问得直白点：您也是那种偷偷种植郁金香的人吗？您不必害怕，可以坦白地告诉我。我也是因为是这种人而被委派到了这座偏僻小城的，按照某一段时间的谣言来说，可以说'我是被流放了'……您看，我可以心平气和地跟您说这。我们可以相互理解。为了能给您提供有关红蝾螈的信息而开始查阅书籍的那天，除了提供一种超越这座小城边界的服务以外，我没想别的。我并不是察觉到了什么之类的。但由于流传自十一世纪的这本书上记载了我转达给您的信息，把红蝾螈介绍成是一种与郁金香很像的植物，因此我脑子里闪现出一些东西。正如对我在第一封信里问的问题您给出了躲躲闪闪的回复，以及第二封信您都没有回，很自然地让我产生了那些闪现的想法。听说有种植郁金香的人是一回事儿，与身具这种喜好的人真正相遇又是另一回事儿……求您了，不要让我孤单下去了……"

事情变得难办了。

他起身，把猫放到了桌子上，在面前摊开一张纸写了起来。

他斟酌着字句，每到推敲的时候就会用手挠挠猫那温软的肚子、下巴、脖子；听着猫忽高忽低的埋怨声，忘记了自己的疲惫，得到了安慰。(心想是不是问问图书馆负责人，他有没有猫；又放弃了。)写完信，装入信封，抱起猫放到了床头，脱了衣服，洗漱了一下，捞起毯子躺了下去。

II

他现在庆幸没把写好的信发出去，小城市一点儿也不小，在他站的位置可以看到两幢旧建筑，一看就是新修缮好的。现在看不到掉了墙皮的老建筑了。街道都铺有块状石。他打听了下图书馆。说是在很好找的地方，走过两条街他就找到了。他没有弄错，老墙，新——还是刚刷过漆的——栅栏，出现在了他眼前。在门口他打听了下负责人，有人给他指了指院子右侧角落里的一个房间。他走了过去，作了自我介绍，好奇地看着年轻负责人漂亮的脸蛋上越来越浓郁的惊讶神色，看着他越来越不知所措的样子。

他早上上的路，打算今晚要回家睡的。他只是想要见见负责人，浏览一下那些书；要是能躲过饭店里热闹的酒场，那该多好！他们就可以谈几个小时；但愿再有机会来的话，那时……听到这些话，负责人的眼里浮现出了笑意。也就是说，"晚上在大饭店里和某某某一起吃饭"这一建议只是必须——被认为是必须的——要说给从首都来的客人听的客套话，并不是别的什么。

负责人再次从头到尾把奇花异草书上红蝾螈的部分给他读了一遍，郁金香花圃的传说，位于书的最后一部分"与各种植物有关的奇闻轶事"。负责人又拿出了几本别的书。其中一本中提到"被称作红蝾螈的沙滩郁金香"，另一本中提到"红蝾螈像郁金香，据说用于制作对治疗痒痒有效的药……"还有一本书中则不认同红蝾螈是一种植物，说这个名称是用来为炼金术中蒸馏硝石精汁时出现的红雾命名的，把它——基于一则童话故事——错当成植物是多么可笑的一种错误。

负责人曾经找到这些信息给他寄过。(第二封信中他没看的部分……这位脸蛋漂亮的年轻人在这部分写了那么多的东西!……信没看完,第一封回信中写的话被负责人形容为"躲躲闪闪",是因为受到红蝾螈叶子的直接影响而不想说太多,所有这些他怎么能跟负责人讲呢?他打定主意,以后也不说。)

看完这些书后,负责人邀请他去家里。学者本来也是为此而来的。两人出了图书馆,坐立不安地等待着合适的时间回家。

负责人家里没有猫,有一只鹧鸪,在一个装饰有黄色平头钉的木笼子里。察觉到他想了些什么,或者,装作看过他没寄出的信的样子,负责人拉着学者的手,把他带到了屋后的玻璃暖房。这里有十五到二十个花盆,里面养着各种颜色的郁金香,全都气宇轩昂地仰着头。暖房四周有着七叶树,再往外是高高的围墙。图书馆负责人什么也不说,仔细地看着学者的脸。应该是由于没从他脸上看到足够的反应,他们没在这儿待多久,就回到了客厅。

鹧鸪"喀喀"地啄着笼子。

●

房屋主人问他喝点什么,"茶。"学者说。准备茶水,哪怕只有几分钟,也会让房屋主人远离,他想思考一会儿。他没什么要隐瞒的,但怎么也无法确定是不是要相信这个人。他走到了鹧鸪跟前,喃喃着说了些什么,鹧鸪兴奋了,"咕咕"地叫着"喀喀"地啄着笼子。房屋主人回到他身边时,他已经打定了主意。他们面对面坐下，他开始说了起来。

他本人也很喜欢花，和许多人一样，特别喜欢玫瑰。然而，人人都在养红玫瑰、粉玫瑰、白玫瑰、黄玫瑰等这玫瑰、那玫瑰，他却喜欢绿玫瑰。虽然说是绿玫瑰，但事实上这些玫瑰的颜色却是介于碧玉色和绿松石色之间。对于费心养这种玫瑰的人，人们既会嘲笑他们，也会同情他们；负责人对此应该是了解的；因为培养出这种颜色的花后又要从头开始嫁接，必须要把不知道是哪种颜色的玫瑰和不知道是哪种颜色的玫瑰连接在一起；因为用绿色玫瑰是栽种不出绿色玫瑰的。

房屋主人认真地听着；时不时地，嘴里吐出枯燥淡漠的"是的""是这样的"，给人的感觉是他并不相信这些话。学者的这些话连孩子也骗不过去。他这就是在自己出卖自己。房屋主人只要给权力部门写两三行字，就足以让这位知识丰富的傻子知道天有多高，地有多厚。哪怕他说"我没上他的当"，也不能逃离他的手掌。

●

房屋主人问他喝点什么，"茶。"学者说。准备茶水，哪怕只有几分钟，也会让房屋主人远离，他要相信这个人吗？他必须作出决定。他走到了鹩哥跟前，喃喃着说了些什么，鹩哥啄笼子的声音像是被刀割断了似的。屋里传来茶壶、罐子盖的声音，传来了勺子杯子的叮当声。房屋主人回到他身边时，他已经打定了主意。他们面对面坐下，房屋主人开始说话了。

"为了让您相信我,我先给您看了我自己的郁金香。"

"我并不是郁金香的敌人,但我不养郁金香。我想要写信告诉您的,但您也许会认为这不足为信。因此我才来的。我真的养蓝玫瑰,您知道的,蓝玫瑰……"

房屋主人一副认真听他讲的样子,但很生气。要是这人说的是真话,那房屋主人就是蠢得自己出卖了自己;要是说的是假话,那就说明这人不相信他,无法相信他。因没有知音而产生越来越强烈的怒火使得房屋主人坐在那儿装出一副认真听他讲的样子,背地里却是在找最原始的方法向这人报仇。

●

房屋主人问他喝点什么。鹧鸪啄笼子的声音突然断了。"我们什么也不喝了不行吗?"学者说,"别麻烦了,我们坐下来谈谈更好。"

在房屋主人看来,学者显然是想要隐瞒些什么。本是要写信的,却来了,嘴里含糊其辞地说着些什么,对郁金香的兴趣——必要的,至少,他所希望看到的兴趣——并没有显示出来,立刻开始说起了蓝玫瑰。"有人说喜欢蓝玫瑰的人认为把蓝玫瑰和郁金香一起养在同一个花盆里是一种本事,"他说,"您怎么看这个问题?"

"我不知道,"学者说,"我没试过,但在同一个花盆里养这两种花真的应该是很难的……"

鹧鸪啄笼子的声音又开始了,大概是想打破沉静吸引人的注意吧。房屋主人朝鹂鸪悄悄地说了些什么，鸟高兴地给了回应。而像是在听鸟叫不说话的两个人，则像是在沼泽地里挣扎着似的，俩人都注意到了对方的这种样子。

在朝街的门前，在来自侧面照射着门内侧的光线下，图书馆负责人看上去完全就是个年轻人，完全就像个小孩。让人觉得像个小孩的，事实上，是年轻之外的一种东西：嘴唇上，下巴上积攒得越来越多的怨恨……

学者也很难过。他并没想伤负责人的心，事实上也没说什么伤人的话。但负责人就像一个设计好了某些事的人看到设计好的事情落空了一样很生气。他把想来这儿讲的东西搞得一团糟……他尽可能地摆出一副温和的样子看了看房屋主人。"时机一到，我会告诉您，您帮了我多大忙，更确切地说，时机一到，我就将能够告诉您……请原谅，我不喜欢谈论还没结束的事情。"他停了下，接着道："而且，也没必要。"

房屋主人挤出了一张笑脸，一副想要相信却无法相信的样子。怨恨，一下子消失无影了。而后，还是走过来坐到了他的下方，但更加地举棋不定，孩子气也更少了……负责人的脸此刻的确是相当相当好看。"再见了。非常感谢。我们会邀请您来我们实验室，以便可以当着大家的面对您表示感谢。希望，这一天早日来临……"他们握了握手，负责人努力地微笑着，学者信任他了吗？……他们挥手告别，直到车子拐过弯。

学者认为流传自十一世纪的书要比流传自十三世纪的书更为重要，在他自己给自己解释其原因的时候，在他自己让自己相信他已找到了从哲学角度、从逻辑角度都很可靠的依据时，他还在想，他是否自己欺骗了自己……

●

负责人很生自己的气，光想着郁金香了，连红蝾螈的事情都没好好问，而那些感谢，首先应该是与这个问题有关的。经历了大大的一个错误之后再次出发的点是什么地方的话，他就是回到了什么地方……脑子里一堆新的问题，无可救药了。

负责人脑子里想着一些人，想着那些人会问他跟学者都聊了些什么，竭力构思着容易让人相信的一些东西，而且这些东西每次说的时候都要是一个样；当他觉得自己想好了，就去睡觉了。学者大概也会很快就到家了，不管怎么说他们还会再见面的。

学者是这么说的吗？负责人会出现在他面前，但一定是一个完全不同的人。他对自己作出了这样的许诺，睡了过去。

那天晚上，睡觉前，学者把旅途的劳累、负责人一脸不相信的样子所带来的不安、啃噬着他内心的担忧折叠好，拿起来放到了一边。不管结果如何，这事儿到此就该结束了。一味地难过没什么意义！当他当着大家的面对负责人表示感谢的时候，负责人一定会是一脸懵的样子，想到这他笑了，把猫从肩上拿下来放到床尾，躺了下来。

III

　　红蝾螈研究中最大的成就是在实验室里培育出了红蝾螈。确实，他们足以自豪了！这种不为人知、无人能识、敏感羞怯的花一下子就喜欢上了这个地方，长得越来越多。他们不让任何人靠近，他们自己也都是隔着玻璃看的。一天早上，他带着助手们一起去看，大家应该是注意到了同一个东西，互相看着对方，就这么呆呆地望了好长时间。出现在他们面前的简直就是一片郁金香花园。

　　大概是觉得没必要说出他们的想法了。要么是这植物，在这种环境下，经历了非常细微的变化，开始变得像郁金香了；要么就是从一开始，因为这种植物所独有的特性，他们没有看到某种相似性，而现在这种相似性一下子出现在了他们的眼前。这样一来，保密的重要性愈发突显了。国家的这家官方实验室竟然在种植郁金香。外人谁看到都会这么说的。

●

　　他们命名为Aa的一种混合物现在已经完全可以分离出来了。他们一方面在解析这种物质，一方面也在着手进行各种实验来研究让人说真话——或者，更确切地说，按照书上所说的，让人"不说假话"——这一特性。

　　正在这时，突然之间，到处都传来了一种谣言，一种百倍、千倍于无法有幸摆脱形单影只境地的一位图书馆负责人所能编造的谣言。

他吃了一惊，明白了必须要加紧研究了。他有些难过，但没想去查找这一谣言的来源。

有朋友来看望他，压低嗓音说了起来："昨天……"接着这开头的"昨天"他说道："在一场会上，话转来转去转到了花上，有人说你在养郁金香。我本想说，我了解他，他不会养的；尽管我知道我要这么一说，那完全就是在强化他的这种怀疑，但这是我的本分；可没等我张嘴，另一个人跳了出来，是的，他说，而且是在玫瑰花盆里，和玫瑰养在一起……"说这些话的俩人都是他很亲近的熟人。"说真的，如果是对你抱有敌意的人说这话，哪怕有四十个人这么说，我也不会信的。他怎么可以这么说呢？我再也不理他了……"学者安慰了他的朋友。这两个熟人的确都曾经养过郁金香，后来放弃了，这是大家都知道的。对他们的这一举动不应该抱有什么敌意，养郁金香在他们看来只是一种勇气而已。"谁知道呢，他是想把我当作一个勇敢的人；也许，他俩真的想相信我养着郁金香……"但这，依然不是件令人开心的事儿。

接着又有许多朋友来了，说着"昨天……"，把消息告诉了他。这些谣言有人在大街上、中巴车上听到了。学者一次比一次感到难过。

但另一方面研究工作的进度加快了不少。书上所说的，大概可以得到证实了。各种实验、各种小试验都在进行着：对整个过程进行了研究，吃了一片叶子的人，有各种混合物会进入他的血液，对这种种混合物先是进行了百分之一剂量的试验。

这一天到来了，所有的活性成分都确定了，粗略弄清楚了"无法再说假话"的作用方式。在用百分之一剂量所作的试验中，这种作用，如果没有Aa的参与，只能维持几秒钟。(直接要求受试者说出他们明知是假话的东西)。但有了Aa的参与，事情就有了变化。剂量上升到百分之五的时候，受试者就有几个小时，有些情况下则会有一整天的时间，尽管他们想尽一切办法，都无法说假话。

这些研究给他带来了全新的思路，对此他高兴得像小孩一样。该把图书馆负责人请来，当着大家的面对他表示感谢了。但因谣言而引起的难过心情还在持续。

这事儿的主要问题是，这些谣言与实验室的研究工作没有任何关系，或者，至少看起来似乎没有这样的关系。似乎并不是从实验室流传出来的某个消息受到了误解，或者，被人有意地歪曲了。谣言传来传去，说成是学者在自己不可告人的喜好的驱使下，在自己家里养郁金香了。至少那些说着"我们了解你，我们知道，要是有一天你知道了我们明明听说了却没告诉你，你会跟我们绝交，因此我们才来告诉你的，别太在意"，来把这些谣言告诉他的人是这么说的。

●

会议可以算是开得很成功。实验室全体工作人员，关系最好的两三个部门的负责人，负责保密工作的几个高级——相当高级——职员，还有图书馆负责人参加了这次会议。会上，学者对研究工作进行了总结——总结的时候什么确定的东西都没说，什么真实的信息都没给出来——对帮助自己走上这条路的负责人表示了感谢；看到那天年纪最轻、状态最好的(在这相当私密的会上多少有点心神不定的)脸上露出了惊容，一如他所期待的那样。他把来宾们带到了种植红蝾螈的暖房前，详细地讲述了与郁金香如此相像的这种植物的羞怯和其他特性。而后邀请了图书馆负责人晚上去他家住。他带负责人参观了自己的家，给他看了自己的书，给他看了绿玫瑰。他的猫，那晚做了它从没做过的事情：去到图书馆负责人的怀里，蜷缩起来睡着了。学者本想告诉他这事儿多么有意义，但又放弃了。负责人也许会觉得这些话很可笑。

早上，负责人出发前提到："一只猫的友好和一只鹧鸪的友好也许是相当不同的。"学者则回答道："是在分享人的孤单呢，还是会让人觉得更孤单呢，说真的我也不知道。"学者在想，负责人的咖啡里加入了百分之二十的剂量，今后的影响不知道能不能了解到。

三天后，他收到了市长发来的正式公函。公函上写着"高度机密"字样，公函中说"听说"他成功地在郁金香和玫瑰之间进行了十分令人惊讶的嫁接，要求把获得的这种植物样本卖给市政府一棵，以便在市植物博物馆的专用地方进行培植，还提到这个地方是不对市民开放的，请他保守秘密。

学者这次很是吃了一惊，不知道该怎么办了。他想了一天一夜。要是一辈子都忙乎这事儿的话，今后在这个问题上他都不能跟任何人透露真相……除非给每个人的饭菜里、酒水里都加入百分之百的剂量……这样的实验，会有一个十分令人满意的结果，对每个人也都会有好处。但对于这种疯狂，他自己都感到害怕，心想："我怎么了，居然能想到这……"是不错，很好，但近期（一旦有人知道、了解其真正的效用）红蝾螈叶子精华难道就不会流出他的手？难道就不会以国家的名义——也可能以一些特殊的人的名义——用于各种事务当中吗？这种发明难道不会导致一些肮脏、危险的事情发生吗？毁掉这些红蝾螈，把这事儿在报纸上公开揭秘——先不说会给他带来烦扰——是很简单的事儿，或者，可能会是件很简单的事儿；但抹除、毁掉、让人忘记实验室研究工作的记录，抹除、毁掉、让人忘记所做的所有工作……是不可能的。市府的来函，用一种出乎意料的方式警醒着他。给图书馆负责人的咖啡里加入叶子精华，从某种程度上来说，成了类似于向那无辜者进行疯狂报复一样的事情了。这是谁报复谁呢？

●

收到市府来函已经过去了三十个小时了。他要把红蝾螈的事情和郁金香（玫瑰—郁金香或者郁金香—玫瑰）的事情分头进行处理；既然消除不了谣言，那就去证实这些谣言。他知道他有个哥们儿曾经养过郁金香，也了解到这个哥们儿是最早相信这些谣言的人之一，他可以去找这个哥们儿索要用于培育花的鳞茎，或者，可以向这个哥们儿打听哪里能找到鳞茎。用于制药的鳞茎无益于他的事情,他要找最好的。开车去的路上,他又放弃了这一打算。他只能去一个地方。

到达小城时天刚黑。在家中找到了负责人。这次他从这年轻、好看的脸上——但脸上已经没有了那种怨恨,没有了那种孩子气——看到,惊讶的神色已经很少了。鹧鸪还在啄笼子。在沙发的一个角落里他看到了一个毛团。他看了看负责人。负责人笑了。"我当然不会把鹧鸪扔了,放了……我想,这么小的东西,等它长大以后就可以适应和鸟在一起了……"学者把那毛团抱进了怀里。猫崽连醒都不醒。

他说了一下他的来意,负责人并没感到意外。"现在,有人问的时候,我就坦率地告诉他们我在养郁金香,也告诉他们您那儿的花是蓝玫瑰,您在实验室里培育的是古书里记载的红蝾螈,您没在养郁金香……知道我和您见了面的那些人都很好奇您有没有养郁金香,就像是统一了口径似的……您可能不会相信……不认识您的人,迄今还不知道我养郁金香的那些人,都在讲您在培育郁金香—玫瑰或者玫瑰—郁金香,就像亲眼所见似的……更准确地说,他们曾经一直在讲。自从我公开发声起,再也没人好奇了。但他们表露出不想和我说话,想让大家都看到他们不愿意接近我……我该怎么办呢?我现在也有猫了……那,亲爱的,您要拿郁金香鳞茎做什么呢?"

"郁金香—玫瑰,或者,玫瑰—郁金香,无论它叫什么,我已经决定要用它来培育……"

负责人又感到有点意外。"鳞茎您要多少我给您多少,"他说,"您培育的时候能让我看看吗?"过了一会儿,他又问道:"今晚能留下来住吗?"没想到学者会同意。好看的脸蛋一脸的高兴。

中午时分学者把从负责人那里拿来的鳞茎种在了玫瑰花盆——绿玫瑰花盆里。给市府写了封信,信的开头写上了"机密"字样,在信中学者告诉他们,六个月后有望完成他们的要求。他现在每天都要在诸多花盆之间坐几个小时,进行观察、实验、等待,就像等死一样。

●

收到市府来函已经过去了三十个小时了。他坐下来写了封回信,上面写上了"机密"字样。信中他指出市府得到的消息是错误的,他自己只是喜欢培育蓝玫瑰;如果市府为了获得鳞茎而想要买的话,作为学者(尽管他还不擅长做这种事)会让人在实验室里着手进行实验,与此同时,实验室里正在进行的研究目前还无法做这种研究。他在信中还写道,实验室专门培育了一种名叫红蝾螈的——跟郁金香很像的——极其罕见的植物,这种植物要想在植物博物馆里进行培育,还需要准备好非常独特的必要条件,在这方面他可以帮忙。

然而,寄出这封信,事情并不会就此结束。必须要让图书馆负责人写一篇文章，介绍古书上记载的信息，发表在谁都没见过、没看过的一本学术期刊上，而后再把刊有这篇文章的期刊寄给一位轻狂的年轻记者。喧闹的报纸上发表的添油加醋写就的文章（非常内行地，如果市府也要掺和这事儿的话）就能够引发极大的关注，绝对会带来一种混乱。唯一的危险，对于试图吃两片叶子的人才会有……而剩下的……

●

收到市府来函已经过去三十个小时了。

他走进实验室，告诉首席助手去摘一片红蝾螈的叶子。大家都很吃惊，但在这儿是他说了算。叶子带来了，在大家措手不及之下，他两口把叶子吞进了嘴里，用尽全力嚼碎咽了下去。"第一个试验必须我来做！"他说。与在摩托艇上当船员的两个助手对视了一眼，三人都笑了。就叶子的效用他们谈过很多。他们要做的，就是把真话告诉他们的主管领导。当他们想要对身边人隐瞒某些事情的时候，也能够隐瞒，只要不必说出来。但针对说出与其所思所想相反的话进行的所有试验里，他们看到了在船上所吃的叶子的效用。当然，和他们一起做这些试验的只有学者和他的首席助手。别人都不知道他们吃过叶子，谁都没想到这样的事情。

他带着他们，和首席助手一起走进了做试验的房间。这时，他要求首席助手去拿第二片叶子。他以前的船员立刻予以了阻止。

这第二片叶子他们不能在任何人身上试验。尽管他们想通过试验来证实书上所记载的信息,但如果针对动物进行这种试验却无法得到可信的结论,唯一要做的就是,在学者自己身上进行这种试验。然而书上也没有说明这种疯狂是怎么一回事。对于学者来说,成为科学研究的牺牲品,与各种行业中可以见到的事故没什么区别。至少,如果信息是准确的,那么他们就可以清楚地看到它的证据,也可以据此为今后的研究工作指明方向,或者即刻忘掉这一冒险。只要去到红蝾螈的旁边,不穿防护服,不戴面罩,进入盒子,毁掉几片叶子,就足以结束这件事儿了。而且只要他自己想,完全可以悄悄地吃第二片叶子,这并不难。重要的是,做这试验的时候,他的助手们必须在旁。

最后的这些话,使得负责保护他的助手们思考了起来。学者既然把他的想法告诉了他们,那要阻止他就太难了,除非把他牢牢地绑起来……而做这样的事情……"好吧,"他说,"您请。我们会在您身边的。"

学者说,在第三片叶子没拿来前他是不会吃第二片叶子的。这正是时候。负责保护他的助手一下子明白了事情会发展到什么地步。其他人则还沉浸在试验当中,思考着发生的一切。也许他们根本没想到吃了第二片叶子后还需要吃第三片……但负责保护的人……

他靠近学者,悄声在他耳边问道:"为什么?"

学者只是握了握他的手腕。

现在他已吃下了第二片叶子,手里拿着第三片;三人都在看着他。学者的目光从一人的身上移向另一人，又从另一人身上转向第三个。

疯狂，以极其可怕的剧痛开始了。吃下叶子半个小时后……他压抑着自己不喊出声，紧咬着牙关，开始从这头蹦跳到那头。这种剧痛令他的每一丝肌肉纤维都要喊出声来了。"动物是说不出来这的，"有一阵儿他竭力低声说道，"我全身都像是被撕裂了。"而后他两眼睁大，嗓子眼里开始发出沉闷的吼声。他用头撞着墙。护卫——负责保护他的人——随时准备着把第三片叶子递给他，但内心却极不愿意。学者突然安静了下来，平静地说道："我饿了。"从护卫手里抢过了第三片叶子。十分钟后，从一个房间到另一个房间，从实验室到主管领导，从那儿到媒体、广播、电视，官方消息传播开来了："伟大的学者……在实验的最后……服用了大剂量……身亡了……"发布消息的，写新闻的，是从没吃过叶子的首席助手。负责监视学者的助手，无声地抽着烟。

负责保护他的人，在这之前从没看到过有人是笑着身亡的。他在想他。

●

收到市府来函已经过去三十个小时了。

他让人在纸上草草地写了个几行字的邀请函初稿，请负责保护他的人把这份邀请函送去印刷，印刷时这人必须要在跟前盯着，要印整整三十八份，其中十二份上要写上"携配偶"字样，剩下的是一个人的。这些邀请函被送给了市长、早前参加会议的部分官员、他所知道的散播郁金香谣言的某些人、他的几位朋友。

在家门口仔细核查来宾的负责保护他的人，在第五十位来宾到来之后关上了门。对于受邀请的来宾全都来了一事他也感到意外。这种邀请通常都会有人不来的。可见郁金香—玫瑰或者玫瑰—郁金香谣言令大家都感到不安。

半小时后，应该是受到加入了百分之百叶子精华的酒水的影响，大家都在交谈着，丝毫没注意到说的都是平时不会说的事情。没过多久开始有人摔门走了，屋里的人越来越少了。当最后一位来宾也走了之后，学者感到几乎都可以闻到满屋子的怒火了。他看了看负责保护他的人，笑了。"好在这东西无色无味……如果你愿意我们就把这看作是一种报复……我一辈子都在努力不说假话。但你也会认同的，是吧，我决定说出的第一个重要谎言是最美的，它自动消失了……"说着，他倒了一大杯酒，缓缓地喝了下去。这还是他喝的第一杯酒。

他进入了梦乡。明天他要给他们每个人都写信，要讲讲他为科学作出的贡献。五十个人不会说假话了，但要悄悄地让其他人也喝下这叶子精华，今后还要请多少人来踏破他家的门槛……他想要的不就是要没人说假话吗？

**1969
/1972
/1975**

11

我失去了知觉/

我死了/

我在一条紫色的河里游着/

我闭着眼睛/

我不说话/

我想比赛永远不会结束的/

我在往"后"的位置去/

绿队的"后"都是我的/

我已经拿下了/

我正在拿下/

之前我们就已经面对面对上了/

比赛是不可能结束的/

我睁开了眼睛,大家都在各自的位置上;我想站起来,撑在地上的手很疼;小切肉刀上,地上,衣服的一侧都是血。我用另一只手撑着才站了起来,站在从身上掉下来的一堆东西之间。我又拿起了我的长矛,不再看市长了。他说着僵化的几百年前的用语,宣布绿队赢得了比赛。水池里的喷泉哗哗地向着天空喷起了水,喷向了树林的那一侧。绿队朝那方向去了,紫队转身回了宫殿,看都没看我一眼。就我呆呆地待在了原地。

一抬头我看到几步远的地方有一位观众。"您走的那步应该是下一步的,"他说,"市长,在保住了下方之后才会让您走这一步,才会让你们赢得比赛。您怎么没想到提前走这一步会让比赛结束,会让绿队赢得比赛呢?"

他身边的人说:"由于紫队是由市长指挥的,参赛者是看不到比赛的全貌的,也不能动的……但您,怎么没想到不等市长的指令,不服从市长的指令就会犯下致命的错误呢?"

他们说着、辩着走远了。我待在了原地,蹲了下来,坐了下去,头埋在两膝之间。我抬起头,掏出布袋里的手帕,紧紧地绑住了我的手。血还在不停地流,但我想,不管怎样一会儿就会止住的。我又把头埋在了两膝之间。

我饿了,渴了,感到身上发冷,却没起身。

第十一个童话故事

另 一 座 山 顶

致
伊斯迈特·托格兹
和
塔勒克·古尔曼

一路上并不顺利。

先是要走到一眼望不到头的这片平原的边缘。

多年来他听过各种关于这片平原的传说。嘴角浮现一丝笑意,这些他听过。他们总是说"人们常说",总是讲一些没发生过的事儿。在讲这些不合常理的、哭哭笑笑的事情的时候,有的是想吓唬人,有的则像是期待他放弃些什么似的。

虽然讲这些事情的人也有曾想到那平原去的,也有想穿越那平原的,也并不都是转述从别人那儿听来的话——明知别人也是添油加醋讲的故事,却又加上了自己的那一丁点东西。干这事儿的人，的确存在，但干是一回事儿，能成功返回又是另外一回事儿。听这些传说的时候他怎么能不觉得好笑呢？就连嘴角浮现的笑意都是情不自禁流露出来的。

那片平原有些地方是芦苇地，那些芦苇下面既不全是陆地，也不全是水。难道不能不走芦苇地吗？虽然绕远但怎么说都会安全些……当然可以的。本来就没人进芦苇地，都会绕着芦苇地走，但还是并不怎么安全。因为时不时地，在你踩上那看起来干裂了的、平平的泥土地时你会发现，膝盖以下已经陷进烂泥里去了。等你知道该踩什么地方，能辨认出哪些地方是安全的，这时天也就黑了。晚上芦苇地里会出来些奇怪的动物，有些很凶猛，有些吃人都不吐骨头，有些是爬行的，有些是缠绕的。即便你在空旷的平原中间熬到天亮，即便没有动物、虫子碰你，早上的时候你也没有力气站起来。夜晚的潮湿，芦苇地里腐烂的生物在黑暗中扬起的毒雾，会让你变得比石头还硬。

就算你站起来了，走了，你能在到达某些地方之前再熬过一个晚上，还能再熬过两三个晚上吗？

说这些话的人是第一个晚上之后就回来了的人。

他们总是会说起危及人肉身、骨头的东西，尤其会在讲述过程中短暂的寂静当中加入类似于恐惧、绝望，类似于担忧、啃噬人心脑的危险等东西。他们都很胆大，可肉身、骨头的脆弱却把他们吓住了。不知为何，在他们一再努力想要让人感觉到他们胆子大的时候，这胆子却一下子消失不见了。

这些他听过太多了。但他已经上了路，先是到了平原的边缘，深吸一口气之后，看了看晨雾中慢慢消失的村庄，从最初的两块芦苇地之间的路上走向了平原。

大家都提到过这最初的两块芦苇地，让人觉得要进入平原就必须走这个地方似的。他自己也没去找别的路。大家都知道的路就是这儿的话，又为什么不能利用别人的知识呢？

走了一个小时之后，在芦苇地中看到几个在割芦苇的人，他第一次感到了吃惊。不是说这平原上没人住吗？不是说是这，是那吗？

和这些人打了招呼后走了；但好像他知道他们在身后看着他似的。事情还没干完，可他还是有些得意。

他很快适应了意料之外的东西。再之后他还看到了闲逛的马群，看到了水塘里"呱呱"叫的青蛙一样的东西，看到了一只野猫在追逐从灌木丛里窜出的像兔子一样的动物。他钻进了灌木丛，走过去喝了清清爽爽的小溪水，这水却给了他一种臭水的味道；想着也许走这条路是最正确的，就沿着小溪走了下去；在一个落水洞处，溪水断了，灌木丛也到头了。

一路上除了割芦苇的人之外再没遇上过其他人，却也没有遇上什么可以算得上危险的东西。

第一天晚上，之后的几个晚上，他都找到一两块稍大点的石头，蜷缩在一旁，感觉到有活物靠近的时候，他就打开手电筒照一下，而后尽量把它赶走。应该也有没感觉到的时候，但没有活物伤害他。早上起身的时候的确不是那么容易，可也不曾有过那种中了毒雾后变成石头那般硬的样子。

一开始的时候就是觉得背上的包袱相当沉。

虽然没人敢尝试开车穿越这片平原，但这个世上还有用来当坐骑的动物……可最终的最终，他还是觉得自己背着包袱，靠两条腿走路，要比牵着牲口，护着牲口，为了让牲口填饱肚子而去靠近可能会有危险的草地，要好得多。再者他的包袱也越来越轻了。虽然很累，但他知道已经接近可以休息的地方了。

一天早上，包袱里没什么东西了，他把包袱皮叠好塞进了腰带下，雾散了之后，他看到了不远处村里正冒着烟的烟囱。他加快了脚步，起先他没注意看前面，等他反应过来自己进了一片沃土时，时间已经过去了很久。

最先看到的房子看着就在眼前，以为触手可及，可几个小时后他才又饿又心焦地抵达，人已筋疲力尽。

但在穿越这片沃土时，他还在好奇，那些说自己从来没走到过的人，那些说从来没人走过也没人能走到的人，他们是如何知道这个在各种传说中就连细枝末节都被描述出来了的村庄的。突然他明白过来了，在穿越这片平原的过程中，边走边想着在旅途的最后会抵达一个村庄，而且是人们对他详细描述过的一个村庄，这完全就是一种天真。他一天比一天、一次比一次更加清楚地明白，人们所讲的大部分都是假的，至少都是没有根据的，都是建立在一些不可靠的信息之上的，尽管如此，却不知道为什么他从没怀疑过这个村庄的存在。既然谁都没见过这个村庄，那这个村庄完全有可能就是一个传说。

然而村庄就在他跟前。

不知怎么地，他就抵达了村庄。敲了敲第一家的门，受到了热情接待。

这家里的人像是都知道他是为什么而来似的，给他端上了饭菜，给他喝了阿依朗，而后给他铺好了床褥。

他睁开眼睛的时候，身边围满了等待他醒来的村民有十五到二十个。和他们互相打了个招呼，互相问候了一下，海阔天空地聊了一会儿。草很茂盛，吃的东西很丰富；牲畜吃得很饱，人也是。今年的秋天很长，冬天很晚才会来。村民们对来了客人，都感到很高兴。他们知道，想来的人很多；但就是谁都到不了这儿。村里年龄最长的人，声音听着很年轻但驼着背的一个成年男子，他说他这一生只看到了从对面，从平原的那一头来的唯一一个人……但……

成年男子停了下来，突然就不说话了。其他人，不知道是因为尊敬他，还是因为拘束，一声不吭地等着，但成年人好长时间都没说什么。

　　他后来才反应过来，大家都在等他说话。为此，他带着沙哑的声音尊敬地问成年男子："他上去了吗？"

　　这时，大家突然同时吸了口气，屋里仿佛刮起了一阵风。

　　成年男子看着面前，说道："虽然当时我很小，不知道他上去了没有，但要是他上去了，这么多年肯定会有人说起的。一有机会，我也会跟这些人说这事儿。他应该是放弃了上山而往回走了。对此我们村里的人真的是气得不行……我很清楚地记得这个人，村里人再也没提过他。到了这把年纪，我还是不能把这理解成其他的原因……他应该是往回走了……"

　　而后，大家又好长时间没说话；一个年轻小伙，带着因激动而沙哑的破锣嗓子问道："那您呢？……"

　　这时，他说："是的，我，就是为了上山而来的。"

　　而后他开了门，走了出去。他昂着头自豪地看了看。来的时候，他在村庄的后方，看到了一座山峰，像是青苔色的一面墙，由于他是有意低着头——但为啥要隐瞒呢，他本来就累得筋疲力尽了；不光是头，就连眼皮都抬不起来了——由于他是有意低着头，因而没有看到山峰的上面部分，而现在，他看到了眼前山峰雄伟的样子了。他要上去的峰顶仍然

260

笼罩在云雾之中。

●

一路上并不顺利。

但我知道，之后将会更加困难。

不是因为上山、爬山的艰难，完全就是因为上山本身。这种上山不分白天黑夜，这将是项不论小时的运动。

我挨个握了村民们的手，挨个跟他们道了别。这次我的包袱并不沉。村民们都说，在我每次歇息的地方，都可以找到能吃的果子、草、种子，都可以遇到能喝的干净水的。

当然到某个地方之后他们也都不知道了，因为他们也都没上去过。但从这儿看，他们没上去过的地方看上去像是树林湿地，至少到云雾带所环绕 (dolaşmak) 的地方为止都是。Dolaşmak：逛，游玩；dolaşmak：缠绕；dolaşmak：相互搂抱，拥抱。既然如此，那就只能这么想了。

这座山峰是国内最高的山峰之一。我知道。自信的人都想上去，上到峰顶，好几代人的心里都有这种想法。我知道。因为有一种极其古老的传说，说是从那儿，可以一览整个国度，可以看到所有的过往历史，可以看到所有的未来，这种传说传了一代又一代。

在国内这个最崎岖不平的地区，也许并不是没有更高的地方，这我不清楚，但确切已知的，书上都有的是：其他山峰，没有任何一座峰顶上可以看到这座峰顶上能看到的一切。

也许正是山脚下的这片平原才使得它的高度产生了这样的效果，应该是这样。尽管如此，除了这个地区，国内其他地方也都是相当平坦的地方，人们一直是这么认为的。各种书上给出的数据并不太一致，但这座山峰，的确算不上高，这一点大家都知道的。而且，根据这条路来看，显然，上到山顶应该就像爬一座一般的山峰，就像爬一个土丘一样简单。

这些都是我出发时所想的，也许再也不会有人想这些东西。我走上了一条稍陡的小路，快速远离了村庄。

"像线一样延伸的路。"这成了一句套话，人们都这么说。我脑子里老在想这句话，或者这句话缠绕在了我的脑海里。像线一样……

孩子们喜欢玩的

更确切地说，有一种线是我小时候喜欢玩的，这种线一点也不像路。现在我还会这么说吗？现在我还能这么说吗？

有那么一种线，从线轴上拉扯下来的

这是眨眼之间从针线盒里悄悄抽出来的一个线轴上的线，像水一样伸展开来的，像蛇一样盘绕起来的，像文字一样有型的……

你从线上分出一根丝，而后再分出一根，再分出一根。分出来的丝是随意抽的，扔到一边，不再去管它们。最后剩下的丝——不知为什么最后剩下的丝——一下子变得老成持重，让人想起水、蛇、文字，而后自己就浮动起来，再之后突然就打卷，变成皱巴巴的一团。这时，这个丝团就会在手指之间被搓揉得发黑，最后被扔掉。事情就到此结束了，需要从偷偷藏起来不让人发现的一个针线盒里的线轴上重新再扯一根线了。

跟这是一样的。上这座山似乎就跟这是一样的。当我在山脚下迈开步子，树林后面的村庄消失在眼前的时候，我想的就是这。但要是问为什么，我说不清楚。

目前而言，这似乎是个一时之间的想法，然而再后来，也许在我走了很远的路之后，这种比喻在我的脑海里更加清晰了。迄今为止一般都是这样的。

难道本就不需要我拿什么东西来填这条路吗？在上山的过程中，除了琢磨琢磨迄今为止所学的东西，琢磨琢磨迄今为止所经历的事情，琢磨琢磨一路上将要看到的每一样东西，把这些做一下比较，衡量一下之外，我还能做什么呢？

或者这种上山，就像是看书学习一样的事情，学习，提高，升华……

从一句话转到另一句话来提升正在做的事情的价值是多么的容易。

然而上山的过程中，也就是按照山峰的构造，顺着路——别忘了不是路而是小路，一直把它称为小路会更好一些——小路忽这忽那的走势倔强地走的过程中所做的事情，并不是单纯地上山、爬山，并不是每一步都在升高。

和所做的事情一样，和一辈子所做的事情一样……人做的每一件事，与其之前的是完全不同的，人所迈出的步子并不一定就是在朝前走的……这种想法也许在平地上是行得通的，但在这儿不行。

我停了下来，歇息着，又开始走了。我看着四周，往嘴里扔着吃的果子，掰下新鲜的秆吸着汁水，走着。更准确地说，我是在下意识地走着。

我想到了轮子。

轮子是怎么走的？

从轮毂处延伸出来的辐条有多长，圆环就有多大，转一圈所需要的时间也会相应地延长。圆环的每一个点轮番触地前，就不能说轮子在朝前走；而朝前走的计量单位，难道不是只有在第一个触地的点再次触地时才算圆满吗？

但是说第一个触地的点，难道不正是给虚构的东西赋予了超乎其上的实用值吗？这种线性解释是远远不够的，这么想顶多可以解释我越过平原来到山脚下的过程，而我现在所做的，是不同的，是完完全全不同的事情，我所做的事情是如此，我所寻求的东西也是如此。

只有脱离开平面才能这么想。小时候在学校里学习平面这一概念的时候,没人说多年后我们会亲身证实这一概念;但即便说了,我们会相信吗?

要脱离开平面,可不可以尝试这么一种事情呢?可以增加轮子圆环的宽度,那么从轮毂延伸出来的辐条就不会排列在同一平面上了。第一根辐条安装在轮子的一个棱边上,最后一根辐条安装在它对面的棱边上,中间的其他辐条则带着细微的误差陆续安装在不同的平面上。只有两根辐条才会处于同一平面,每一个平面既与其他平面不重合,又与其他平面相交。标志着完全不同视域的这些平面,相互之间是不同的,但又有关联……

我知道,这并不是什么新的思想,只是,每个时代,每个地方,至少都需要有一个人重新发现、构建、阐述这种思想。

我把良家子女所有的冒险奇遇都安放进了一个轮子的辐条里,并为此而感到高兴,这合适吗?然而我感受到的就是一种高兴喜悦。以前把很想吃的樱桃扔进嘴里的小孩也经常会感受到与此相类似的喜悦,哪怕之后紧接着,因为樱桃比他想象的还要酸,比他想象的还要涩,而把它吐掉。

当我往下方看去的时候,看到村里的房屋,变成了土灰色的、脏乎乎黄白色的一堆小四边形。每个四边形的一条边上,一个个烟囱里像是冒出了一道道细密的水流似的。

我迈着极其相似的步伐,其他方式是不行的。但此刻,轮子应该是转了一圈了,我稍稍上升了一点,但我还需要转很多圈，直到上到山顶。

此后——因为我是站在我所站的地方，所以可以说此后，再过一会儿就不能这么说了——轮子每转一圈就需要更长的时间了；尽管有一段路变得陡峭了，但我的辐条也变长了，我的圆环的范围也扩大了。

要是我在这儿对自己呼喊着，发自内心地说些什么的话，又能改变什么呢？在这里并不会有人出现在我面前笑我说"看这疯子，他在冲自己喊"。

难道是因为我开始明白上这山峰为什么这么重要了吗？还是因为什么别的？

刚刚，在下方，在村庄后面流淌着的小溪两旁，就在柳树林那头玩着打仗游戏的孩子们，现在就连一个个色斑都算不上，尽管他们还有着若有似无的动静。

打仗的声音被我抛在了后面。

不，不不，必须马上纠正，不能再这么稀里糊涂了。不是在我的后面而是在我的下面。我必须要适应使用上升的各种概念。

必须上去。因为轮子，或者辘轳——哪怕是临时的，在我的脑海里也是一片阴影，一片黑暗——必须转动起来。

必须转动起来，但不是像辘轳那样，而是像轮子那样，必须向前走，无论这种向前走是怎么一回事儿，都不能让它受制于一根静止不动的轴。

要不然的话内心激烈的斗争又有什么用呢？

很可笑的事情，但心脏，那"拳头般大的肉块"的价值在拜神塔顶的祭坛上用火石刀剖开奴隶、俘虏们的胸膛，把太阳火下不断收缩松弛着的心脏高举在头顶献祭给太阳的时候，高兴地看着在阳光下朝塔底慢慢漫延下去的血河的太阳战士

他们称之为"月亮的中心地带"的国家里，自称是生活在"有苍鹭的地方"的人的太阳战士使世界变得繁荣的人类当中，只有阿兹特克[1]人才知道吗

只有他们才知道心脏的价值吗？

除了他们之外，还有谁曾想过只有用人的心脏才能弥补对太阳的崇拜缺失？

身体好的时候被遗忘，但身体开始不好的时候却让人战斗得最辛苦的心脏质朴无华，诚实可靠，把华丽的外表深藏于内。在所站的位置即将转动的时候，靠这样的心脏又有什么用呢？

哪怕再完美，完美又能怎样，哪怕费尽心力尽量完美无缺地来进行描述，我知道，永远不可能用一句话来描述那场冲突，那场争执。

---

[1] 阿兹特克：是存在于14—16世纪的墨西哥国家。

人与疾病作斗争，就是与来自外部的一个敌人作抗争。而心脏出问题，应该就会让人独自面对自己了。为了活下去，人考虑的不会是战胜，而是超越那障碍。这时，动物的抗争就和人类的抗争相等同了。心脏在作这样的抗争的时候，同意变成辘轳，就像心理阴影、脸红一样的事情。

必须要当轮子来转动、朝前进。

可战胜障碍的方法还是从来都无法预知。

健康问题也留在了我的身体里。在思考心脏的时候，我摘其叶子咀嚼的那棵小树早就消失在了我胳膊肘的下方了。身体坚持到了这儿，那后面也就能坚持下来了。

我有一种强迫症，总喜欢把所有的东西都按照一定的秩序，像手提饭盒一样一个摞一个地摆放好。真想摆脱这种强迫症，所有东西都是互相交错的，是时候去了解一下了。难道我不正是为了看一看四周才上到这儿来的吗？

为了让我放弃穿越这辽阔平原，他们少吓唬我了吗？他们为什么要让我放弃呢？因为他们自己没能做到，这种想法是非常粗浅的一种判断。现在温顺、空旷、平滑、辽阔、极其干燥的平原就在我脚下伸展着，一如那些等待着献身成为战场的土地一样。

不知道为什么，战争，也就是以前的战争，古时候的战争，至少都是为了消灭对方而打算用那些坚定地朝对方冲去——哪怕脚抬得不是太高——的军队来打的古代战争，都是在这样尘土满天的地方开打的……

这也是一个古老的标志;一种从小孩游戏中保留下来的;来自遥远处黑暗之中的

优柔寡断的,经常破裂的

一个小孩声音所说的绕口令中形成的一个符号。

警察,警察

不就是虫子的头儿吗? [1]

和所有的绕口令一样,都是毫无意义的东西,都是越解越乱的梦幻球[2]。

就跟线似的。警察,警察……

我也可以把这称为一场古代战争的开头。

一方,有一群人,没有长矛,没有盾牌,没有棍棒,没有弹弓,没有石子儿。

这些归根到底都是街区里总是挨揍的孩子,但大部分还没有明白这一点。他们当中有很多很勇敢的人,他们觉得用石子儿,用弹弓,不是他们的范儿,这并不是因为他们想到了比石子儿、弹弓更好的防御办法;而是因为他们的卖弄。但是,因为他们是试图在这片平原上开战

---

[1] 这是一则绕口令,其中"警察"的原文是böcekbaı,意指奥斯曼时期的警察;这个复合词的前半部分böcek意为虫子,后半部分baı意为……的头儿。

[2] 梦幻球: 由梦组成的线团一样的球。

不是他们试图；事实上是我让这些人去打仗的

在这片平原上，我一定不能忘记

他们本应该手持长矛、盾牌的，却还是没有长矛，没有盾牌。

对面的那些人胳膊和腿都很细；细但有序，有武器。用盾牌把身子遮挡得密不透风，盾牌那一节一节的藤条下方有无数的撑脚，上面有像触角一样的长矛栅栏，活像一只大大的虫子，一只有很多触角、有很多只脚、被阉割了的虫子，忘记了该如何交配，除了打仗什么也不知道的一只虫子。

一个少一点，一个多一点……这种想法也就是和痴迷于提盒的想法是一样的。

杂乱无序的孩子们中响起了一阵低语，声音越来越大：

警察，警察，不就是虫子的头儿吗？

我们这么说的时候，抓着长矛、盾牌的手应该都是因生气而攥得紧紧的。墙、栅栏，不，躯体藤条、触角的任何地方都不会受到破坏，都不会晃动，长矛、盾牌似乎总是一起抖动。

然而他们的长矛就是棍子，他们的盾牌就是用绳子扎起来的几层报纸。

这些虫子，大概就是这群乌合之众的孩子们了。但为什么他们要把对面粗胳膊粗腿的孩子称为"警察"呢？这个词是如何跨越几个世纪传给他们的呢？他们自己也不会知道的。但他们可以通过向对面的人问罪而惹他们生气。但他们又为什么会生气呢？

一个多一点，一个少一点……进入中年时变得有意义的这些细微差别也许到了这条路的某个地方又重新变得没有意义了，就在这条路的某个地方，或者在这高度的某个地方、在上升的某个地方……

在我之后的计划当中，有很多勇敢的人——但总是挨打的孩子群，突然像是放弃了惹对面的人生气，放弃了对他们的恐吓，或者放弃了等待对方攻击；就好像按照集体作出的决定，慢慢地排好队形，很有气势，面对稍有些忧心忡忡的大虫子，巨型虫子，警察一方，他们迈着整齐的步伐，朝着平原另一侧的边缘走去。警察一方措手不及，因为唯一需要他们存在的，需要他们的秩序的，需要他们的排场的，需要他们的紧张局势的东西，他们对面的这个群体，远去了。现在处于这种紧张局势当中的人还有什么？还能做什么？

用小时候我们在小区里玩的打仗游戏，说的绕口令，把我认为适合这片无边无际的平原的一场古代战争的开头

连开头都算不上

做这样的编排，这是为了什么呢？哪怕是解释给自己听，我能解释明白吗？我不知道；但我所设想的不止如此……

刚说到处于这种紧张局势当中的人还能做什么。能做

的也只有好好地做爱了，只能从每一排、每一分队、庞大虫子的一头到另一头，像有了高潮的大海里的浪一样，一个压着一个翻滚着做爱了。

　　虫子首先会解体，触角会掉落，藤条会散开；头盔都会滚落在他们的脚下；人一下子就会显露出来。因内心积攒的性欲冲动而一下子醒过来的强壮的年轻人，用石头般的胳膊抓着长矛的同时，把盾牌紧紧地压在了他们的胸口。这时，与战场的辽阔相称的一场交融，在做爱之中将会达到高潮。

　　已经走出很远，正在慢慢远去的另一个人群，仿佛除此之外不求别的似的，并不想回来利用这一局势，即将消失在眼前了。而在古代的

　　　就连战场都不曾有过的

这块平原上，幸福、疲惫地，

　　带着刚成人的这些人第一次做爱时半推半就的羞涩互相搂抱在一起，把盾牌当床只管睡觉的

人会留下。

　　但爱，越是接近顶点就越像是失去了它原有的意义。现在离下方已经很远了，所有地方，几乎都将展现在我眼前。为了让自己的心灵免受伤害，面对可爱却不可做爱的生灵，我曾努力让自己相信，不做爱也能体验到爱。现在从这儿再来看，很容易就会有这种想法：爱最终又算什么呢？

　　一个多一点，一个少一点，基于此而设想的所有细微差

别今后也会失去其意义。比起生活中的多与少,生活的方式更为重要。人人都尽自己最大的努力生活着。再说了,你所说的生活又是什么?

我们是怎么构建我们的生活的,很奇怪不是吗?一段线,一颗钉子,一颗蘑菇,一张纸,一块破布,一些尘土,一些什么都不是的东西……这些东西汇聚在一起,名字就变成了"一种生活"。

我在云雾中不知走了多久。我一心要走上这条路的想法不算白费。我知道,云雾,意味着快要接近峰顶了。

但在我心里,接近峰顶的价值不也是在降低吗?先不说我上路的时候了,就连我开始爬山的时候,我要做的事情的伟大意义就充满了我的内心。然而现在,我就要走到头,正在接近峰顶,但让我站立着,让我走着,让我前进着的,已经不是要上到峰顶的想法了。也许,当人知道已经接近要去的地方,已经到了要去的地方的时候,就会有一种自豪感,人也会因这种自豪感而变成这样。我现在到的地方就在大家的头顶上。再往上,再稍微往上,我就可以穿过云雾到达峰顶,就可以左看看右望望,看看所有的一切,看看所有一切的过往历史和未来了。上面将会是终点。人也许会问:看到了又能怎么样呢?不下山的话,看到的东西又能讲给谁听呢?而下山,大概是不可能了。哪怕是零零星星地,书上也讲了到今天为止上过山的人。但没下山的话，哪儿都不会提到。即使有人往下传送了所获得的信息，也没人知道。

然而，到过那地方的人，到了之后很难再下来……

关于辘轳的想法还是我脑海里的一种痛苦。疼一阵，好一阵。此后唯一能让我往上抵达峰顶的原因，就是我已经上到了这儿……仅此而已。上到这儿的人，不到峰顶是不会往回走的。从这儿往回走是背离人所作努力的价值的。也许是相当孩子气的一种想法，相当纯粹的一种看法，但就是这样……

慢慢地云雾散开了。再迈三步我就可以站到峰顶了。我迈了，站到了峰顶。我先是把头转向了正在落山的太阳，欣赏着我所看到的风景。我的眼睛，我的心，我的大脑，必须凭靠着它们一辈子共同获得的见识，以最快的速度进行运转。我必须逼迫我自己……我的决定是：我要想尽一切办法下去，按照我的眼睛、我的心、我的大脑所捕捉到的那样，把这神奇的事讲给下面的人听。在我慢慢往回走的时候，打定主意，我要做的必须是这件事情。

在没来这儿之前，我是无论如何也不会想到我从这儿所看到的东西的。站在这个点上，我所想的要远远超过在离峰顶还有三步远的地方时所想的。这真是想不到的事情，多年来谁也没有获得这信息，谁也没获得过这种见识。

正在落山的太阳微不可察地温暖着我的后背，完全让我放缓了我的回程。在光线的照射下我的眼睛在看这儿的时候稍有点困难，但背对着光线时一切都可以看得更清楚了。在我下方的世界无边无际，还是显得小小的；这个世界在我的周围，在遥远的下方，变成了紧挨在一起的成千上万个小小的物体；变成了人，田地，作坊，树木，动物，房屋……站在峰顶的人带着他的信息，带着他那庞大的体格，站在了所有一切的上面。峰顶的人朝更远处看去，朝身后的太阳能照射到的最远处看去……

峰顶的人在看着，看着，看着，在那儿，在远方，看到了另外一座山峰。比他所在的山峰要小得多但还是能够称得上山峰的一座山峰。那座山峰上像是有什么东西在动，像是一只虫子，一只小小的动物……当他反应过来那只虫子，那只小动物，是和他一样的一个人的时候，他站在那儿呆住了。他看着，看着，看着。峰顶的这人的对面有一个人，离得很远，因此看上去小小的，小得像一只虫子，像一只小动物。但就在他对面，他大概也转过身来在看着他吧。他大概也一样，看着对面山峰上的人像虫子一样，像小动物一样。

这时，站在峰顶的人明白了来到这儿的人为什么都没有下去。他坐了下来，把头埋在两膝之间，等待着天黑。

**1972年 8—11月
1973年 1月**

12

天黑下来了；我把所有的铁器都放到了地上，颤颤巍巍地站了起来，走进了树林里。一棵栎树底下的草丛里一只猫在那儿睡着。也许就是刚才那只。我尽量悄悄地靠了过去。它没醒。我蹲在了它旁边。大概就是刚才那只。

我抬起头，他就站在我面前，穿着白裤子、白毛衣。黝黑的脸在傍晚的暮色中消融着，融进了阴影之中。他在我对面蹲了下来。猫还在睡着。他不说话可我能明白他心里想的是什么，很容易就明白了。

你想错了。

为什么？

不管怎么说我都差点成你的了。但

我知道，我太急了，把胜利送给了你们。

我说的并不是比赛啊。

听说还有死罪，一个观众是这么说的。

到三百年前为止，都是绿队的头儿杀了做你所做的事情的人。

要是换成你们当中的别的人来做……

还是会由绿队的头儿来惩罚他的。

现在你也要杀我了。

那是到三百年前为止。

那我的惩罚呢？

他们把你的行李送到花园门口了。今晚你要从这座城市里出去，再也不要回来。

那你？

我和你一起走。

去哪儿？

去你去过的，你要去的地方。

和我一起……

和你一起。

但你……

你想错了。

那不是你吗……

我想让你产生错觉,想考查你。

你现在是在我梦里。因此你才这么说。昨天在这儿……

我一个星期都没来这花园了。从你在饭馆里坐在我后面等待我扭过头来的那天到现在,我从没来过这花园。

你现在在我梦里,我说。我还是要成为我,我要走了,我要让人给我的手包扎一下,我要去吃饭,去睡觉。现在你在我梦里,像一条河一样。

他没有出声,他突然不出声,不说话了。或者他在说话而我却不理解、不明白他脑子里所想的了。

我抬起胳膊,放到了他肩上,紧紧地握着拳头。我把胳膊使劲往下压,把他朝我这边拉了一点。

他探过脑袋,枕在了我的肩膀上。我把头挨在了他的头上。我还是可以明白他所说的。不停地说,他说,不停地说你爱我,说你爱我。我们就这样保持了一两秒钟,就像好几个小时一样的一两秒钟。他用头轻轻地蹭了蹭我的脸、耳朵、肩膀。

我艰难地说道:"天黑了,我们走吧,帮我一下。"

他抓住了我没受伤的手。猫还在睡。我们站了起来。

刚走了几步,仿佛他用二十只胳膊一下子把我抱住了。二十只胳膊一起勒着我,掐着我,碾压着我。我想说:"你能让我活的,你能让我活的。"我说不出来。

人行道上的树底下漆黑一片。远处有一个白色的洞;他那黝黑的脸、黝黑的手在洞的边沿上挣扎着。

洞黑了,封住了。

Geceyarısının

Masa

Masalından

午夜的童话故事

Yırtılıverdiği

童 话 故 事 撕 裂 的 地 方

Yer

致
雅伍兹
和
帕特里克

"友谊,首先是信任;它与爱之间的区别就是这。此外,它还是尊重,还是对其他事物的全盘接受。"[1]

1 a.

从1968年进入1969年时,我计划着把这些童话故事编排一下,编排成表盘那样。中午之后就要接连编排的这些童话故事,在排满了六个小时后,随着天开始黑下来,它们就会改变它们的特性。会渐渐黑下来的。但到了午夜,就可以给这黑暗透露点新的一天的希望了。带着"计划好了要做的事情"的傻傻的激动,我决定,"即使其他的童话故事不给幸福、希望留位置,第十二个童话故事里必须有幸福,必须包含希望"。我在和自己进行的约定当中只有一个条件:

---

[1] M.尤瑟纳尔的小说《一弹解千愁》(1953),第24页。

第十二个童话故事我要在我感受到幸福的时候写；在我征得绝望和不幸的同意后去度假的时候。然而只有几个童话故事中"黑暗更少"。其他的里面所说的"渐渐黑下来"怎么去实现？而我所说的度假机会，不知为何，许多年来，都没出现。我以为它出现了一两次；眼睛一睁一闭我才明白我弄错了。而有一次，我经历了一种我可以称之为"血腥"的幸福。不是第十二个童话故事，我写了第十三个：小时、时间之外的，给所有童话故事作铺垫的故事；也许是对希望之外的唯一幸福强调最多的……

一颗果子，从生涩到成熟的过程，在把它转化成人的成长过程的时候，我把所需要的时间延长了许多；这就算是因为我是一棵懒散的树吧。我能做的就这么多。

现在这本书必须要结束了。我根本不考虑我是不是幸福。在过去的这些年里，我明白了我所追求的"幸福"并不存在，不可能有；无论怎么给幸福下定义……(或者，实现一个小小的愿望带来了什么的话，我们就可以把它称之为"幸福"，就这么回事儿)。简而言之，幸福，也许就意味着接受不幸、绝望。[但接受这些 (也就是不幸、绝望)，首先，真的就取决于对它们的了解……最近我碰到了一个教会我这一点的人 (自己编造的东西自己比别人先相信，对于别人没有马上迷信立刻就感到不幸的，或者看起来是这样的一个人)]。

现在我可以写这个童话故事了，书可以结束了。

2 a.

一开始我是这么想的：

1 b.

真希望我们能够像猫一样。最近这些年我一直都这么想。它们好像充分注意到了所经历的每一刻。如果它们在一个洞口等待着什么的话，很难把它们从那儿逗引开。当它们在熟悉的地方做熟悉的事情的时候，它们会像是第一次看似的看它们每天都看的、都参与的 (我们无法理解的就是，光看就能参与某件事情当中去) 那种事，不会偷懒，会从打盹的地方起来，去看正在做的事情……它们在哪一层睡觉就睡哪一层的觉。

而我们，当我们因杜撰出了时间而感到自豪的时候，当看到在那时间的流逝中，在不远处，在前方，在可期的将来，有人为了到达某一高度在做我们做过的每一件事儿，在说我们说过的每一句话的时候，我们立刻就会忘掉我们正在做的事情，立刻就会忘掉我们正在说的话。当我们朝着一个目标，盯着一个目标梦想而去的时候，却丁点儿没发现，将来——我们离世之后——我们的生活到达了更前方，被称为我们的命运的一系列时间点中的每一个都是唯一的，不可更改的，不可替代的。(这种生活的零零散散的几个回忆会留在我们一两个亲人的记忆中，而唯一知道这些都是持续的、有意义的人——我们自己——已经融化进了虚无)。我提到了"我们没发现"，但还是让我们切切实实地朝着我们的终点去吧。我要是没弄错，我们当中的有些人 (在路的某些地方) 理解学会了一些东西：比如静静地倾听……在一些地方感受我们所做的、所看到的、所听到的每一样东西的重要性；一个孩子的笑、一缕渗透而出的阳光、一滴泪水,这些东西在手心里的圆润、令人心旷神怡的凉爽,不可胜数或者不可数;可以不加区分地接连体验幸福、苦难、高兴……特别是上了年纪以后,过去的生活也可以来充当看到的、听到的、尝到的所有东西的支撑、铺垫……但我们不能像喜欢猫一样喜欢我们所喜欢的。

2 a.

一开始我是这么想的:

"绿眼睛的雕像

塞浦路斯大师[1]钟爱自己所刻的雕像,有关他的很早很早以前的童话故事几百年来一次又一次地得到了加工,有时也会像博那罗蒂[2]对他的摩西[3]喊'起来,走!'那样重新活过来。

然而长着一双蜂蜜眼的雕塑家很谦逊。他从不用象牙、大理石来雕刻。简单地说,他从不雕刻。他用泥巴,用黏土。因此他从不把自己算作雕塑家。他从不雕刻,他搓揉。

长着一双蜂蜜眼的雕塑家,找了很多年也没能找到他要的黏土。他既不像塞浦路斯人那样从遥远的国度漂洋过海让人送

---

1 指皮格马利翁(希腊神话中的塞浦路斯国王)。

2 米开朗琪罗·博那罗蒂(意大利文艺复兴雕塑家)。

3 摩西:犹太教领袖。

来象牙；也不像佛罗伦萨人[1]那样去到大理石矿，从矿中选矿，从石中选石。长着一双蜂蜜眼的雕塑家，经常去旅游。在他去的地方寻找黏土，尝试着开始干活。有时，会找到稍好点的黏土，忙乎起来，把付出所有搓揉出来的作品放在那儿，要是喜欢，就把它放在更高处，看着，自己乐一阵儿；一会儿走近，一会儿走远，尽力修正找到的不足，然后再看。"

[（之后当然会有毛手毛脚的时候。要么是他自己，要么是在家里打扫卫生的人，打翻了那搓揉出来的作品，使它缺胳膊断了腿。雕塑家会伤心，不久就会找到更好的一块黏土、一块泥巴或者以为自己找到了，重新开始投入工作……）

我本来一心想把这事儿变成仙女的故事的；一天，我要让他在他所居住和工作的家里的花园里找到一块黏土层；他会把它搓揉，会看到他完成的作品完整无缺，心里会想"她要是活过来就好了……"；作品，第二天早上，会以一个绿眼睛的美丽生灵的面貌出现在他眼前。雕塑家会爱上她；随着时间的推移，他会明白，先不说按照两手的意愿继续搓揉活过来能开口说话的作品了，这个作品连他心里的愿望都无法满足。要是说"是我创造了你"，那就会让天下的父母都落到可笑的地步；而不是搓揉出活过来到处走、有人爱的作品的雕塑家……但会有那么一天，雕塑

---

[1] 指米开朗琪罗·博那罗蒂。

家也好，搓揉出来的作品也好，都会学会一起生活的；雕塑家不会再去追求附加在花园里的黏土上的劳动的回报——活过来能说话的作品了，也不会把这种成就带来的骄傲像羽毛一样顶在头上。作品将会塑造雕塑家，她自己也将成为用比最精选的石头还要优质的东西做成的一个作品：用肉，用骨头，用血……]

事情到了这一步，说实在的，会扯人心肺。把它归结为奇迹，这无异于把我脑子里尽力想纠正的状况转向了反面。或者，两个人都变成"被创造出来的创造者"而使得一切都变得甜甜蜜蜜。

1 a.

长这么大我只见过一件使这样一个仙女故事中的乐观、梦想变为可食可吃的事，听过一个这样的故事。一开始说到"唯——个幸福故事"的时候，原本我想的是为经历过、创造过这唯一故事的人撰写一篇颂词赞语。就这么简简单单地把事情写完……既可能会是假的，还很可耻；对于成功经历那故事的朋友们来说是可耻的……把编排这些童话故事的时间放在午后的想法并不是凭空而来的。我听过很多在雾蒙蒙的早晨开始写作的人，听过很多不管什么季节都坐在能沐浴到晨光、晨辉的窗前工作的人；还认识了几个……我一直都很羡慕他们。

但上午的时间是我吵架的时间。在这个时间段里我会处理许多把我强行变成另外一个人的许多事情，不到中午，我连信都不愿意写。每天上午我都需要重新适应这个世界，适应这些人，适应我的圈子。连说话都很难。至少，说话不吵架、不伤人、不咆哮……而对于写的文章，我说过很多次了，在我眼里，它并不是我用来倾吐我的苦难、怒火的工具。对于把文章看作工具的人，我也能尊敬他们；但我，在我拿起笔的时候，——哪怕我在字里行间都填满了苦难、怒火的遗毒——我就打定了主意，不会倾吐无缘无故的苦难和无缘无故的怒火。我的一天都是从中午开始的，不停地拓展开来，一直持续到午夜最静寂的时候。

但书也必须在某个地方结束。

1 b.

我们不能像喜欢猫一样地喜欢我们所喜欢的人。然而当我意识到了这种错误观点之后，我一次又一次地试图想经历我所说的"喜欢猫"的事情。人可能懂得很多东西，从某种程度上来说，意味着他没有在学习。或者，他没有在学习做出与他所懂得的相对应举动。让自己不断犯彼此相类似的错误的，是从结果中产生的一种天分，一种"决定"，一种"命运"。所谓成功，有的话，也只能在打破这种天分、这种"决定"或者这种"命运"的框框之后才能来谈。多少次在我悄悄滑向这种"喜欢猫"的时候，我都抓了自己个现行。然而每次，我都可以利用各种骗人的说辞来告诉自己、告诉大家：在这种情况下是不可能做别的事的……人对于简单的事情总是那么好奇！

1 a.

书必须在某个地方结束。这对于作者来说是这样的。不管他是不是"自愿"写的。(当然,这种"自愿",因作者而不同。有的是"要讲",有的是"要说",有的是"要教",有的则是"要构建"。谁知道还有些什么?)把词罗列在一起(又是一种标志)或者排列起来(又是一种标志),跟织一块没有打样的布一样,并不总是一件有趣的事。尤其是如果写作不是为了以基本内容、结果来提出思路、想法的话⋯⋯

1 b.

喜欢猫,一开始就要接受猫在喜欢它的(它自己也喜欢的)人面前那漫不经心的自立,那种漫不经心的自立在时机到来的时候自己也有可能会展露出来,——小孩子般感觉有理——要把握住这种可能性。猫,在它愿意的时候会钻进您怀里;不愿意的话,您叫它它也不理您。抚摸三五下它就会发出低低的喃喃声、咕咕声,而且声音会越来越大;那就建立起伙伴关系了。要么是因为您稍稍挪动而破坏了它的安逸,要么是因为它舒服够了,这种伙伴关系一下子就会变成冲突。人们所说的,一直都是这么说的猫的忘恩负义,就是猫的这种"自私自利";模仿人的行为准则来形容动物的一种"自私自利"⋯⋯要是我们逗一个六个月大却拥有十八岁青年人的力量的婴儿,结果不会与此有什么不同的⋯⋯

当然,在这种"自私自利"面前展示出极大的耐心,表现出极大的爱，可以抚慰我们的内心。我无从知晓猫，知道很大程度上它给了人少有的幸福感，但这种幸福感越是罕见，我们就越会成为它的奴隶。(有人喜欢猫却喜欢折磨它，我并没有忘掉他们。但除了那些折磨动物--或者人——的人之外，就连最"冷酷"的爱猫者也会有这种奴性)。再者，有一天，面对猫的亲近，面对猫的撒娇、挑逗，我们会——效仿猫——立刻展现出我们自己的厌倦或者漠不关心。猫会感到意外。游戏的规则，一开始定下来的规则，不应该就是猫就是猫，人就是人吗？

2 a.

有一个故事让我费了很多年的脑子。屈服于英国官样文章那死板教条而在大英博物馆那令人麻木的寂静当中再次详细阅读的一个故事……(与阿道司·伦纳德·赫胥黎有很大关系；使他写了一篇短文，还有唱片封套上的文字)。

1 b.

事情到了这个地步：当我们喜欢猫的时候，面对猫的这种自私自利，我们总是高高在上，回报以只有神才有的忍让、宽容、宽恕。我们的宽容大度不可超越，是令人无法想象的，当这种宽容大度在原谅各种错误的时候，某种程度上也在碾压犯错的人。许多人都害怕失去哪怕一丁点见过的、能见到的爱，在这种担惊受怕之中——以他们所爱的为首——有的人对大家 (哪怕是伤人心的) 所做的每件事都说好，有的人在不伤害任何人、不驳任何人面子、不疏远任何人的噩梦中挣扎，有的人自认属于最底层，而这种伟大，不会动摇任何东西的这种神一般的精神上的伟大，难道不可能是这些人的护甲吗？要是这么想，许多事情就都可以理解了：这种爱被认为是不平等的；一种基本的不平等……然而我们总是以平等的概念来思考、设想、幻想爱。就连我们用自私、占有欲破坏了这种平等的时候，我们都是把对面的人的每一个错误都看成是破坏平等的行为而感到不快，难道不是吗？打破，归根到底，不就是相信平等吗？

2 a.
有三四个出生于十六世纪下半叶的人，几百年来他们的作品一吸气就像刮起一阵风似的，这个故事就是讲他们当中的一个的。

1 b.
也许最"幸福"的童话故事，是那些相互尊重、彼此互爱、达到了真正传奇式平等——或者努力达到——的恋人们的故事；哪怕为了在一起，需要他们去死，需要他们被埋……首先要学的美德，也许，就是这平等。

2 a.
然而那人，在不平等的两极之间过日子的时候，由声音构成的世界自主实现着平等。

1 a.

在我打定主意要写这个童话故事的时候，我眼里的原型，是"绿眼睛的雕像"背后的东西：两个人之间的关系，一个上了岁数，文雅，有见识，喜欢安定，另一个极其幼稚，人们都认为是带着美貌随便找个理由就诞生在这个世界上的人当中的一个，像爬墙虎一样黏人、缠人。前者我认识了好多年；一方面对他了解得少，另一方面跟他又非常熟悉……后者则只是从几封信的几行字当中……信中她的名字叫"猫"。不知为什么，也就是很多年后，我见到了她本人，也知道了她的人名。

我想应该要讲一讲这样的一种关系。但并不是讲他们的日常生活细节，并不是讲各种事情的因果关系；这些东西到今天为止讲的了很多了。每一种关系都有幸福的时刻，也都有低谷期。但那些知道一种关系能够不受破坏、未曾悄悄变质或者从不变质而维持许多年是多么伟大的成就的人，他们大概从不会觉得书写、讴歌这样一种成就没有必要。由始以来大家面前有一个"猫"，还有爱着"猫"的人。一个一辈子只做成了一两件小事，与此相对，在他认为最重要的事情上却一再失败的作家，为什么不能一心想写一个仙女的故事呢？

2 a.

出生于十六世纪下半叶的人，从他出生时刻起，就是个优秀人才。他很快就践踏了这种优秀的法则、规矩。而他达到三四个同时代人的那种优秀程度，初看时，就像是通过操控命运来实现的，而这命运中自觉所占的成分很少。

2 b.
继传闻死于"做爱过度"的第一任丈夫之后，投进那二十岁的寡妇怀抱，两年时间对被他妻子 (和她在一起两年就觉得足够了——或者，装作足够了——之后) 带到床上的小伙子视而不见——或者，让人觉得视而不见——就是这种命运最初的表现。

耐心，不知为何，两年后都会用尽，他要用血把名誉污点 (是他们国内特别是他们地区——不仅在那个年代，如今也是——的惯例) 清除干净，从而洗脱罪名，就像作曲家所做的那样。

2 c.
然而，这么讲故事的话就会有这么一个问题会消失不见：在那段日子里，在那个国家，这样的事情并不是什么秘密，因而他是如何忍受两年来别人给他起的各种名号，如何忍受别人对他做出各种污辱性行为的？他是在知道一切的情况下这么对待的呢，还是在什么也不知道的情况下呢？他是装作不在意呢，还是装疯卖傻？最后一个知道所发生的一切的丈夫，他是去找了那个游戏中的丈夫了呢，还是谈到了他讨厌杀人或者谈到了他对妻子的爱的伟大呢？他是不是说了在我内心极大的创伤面前社会、周围人所说的话、所做的事什么也不是？他没有让人看出他想到了、察觉到了、也许知道了塞进他怀里的孩子并不是他的吗？或者为了最简单的解决方法，为了写出最无情的音乐而绞尽脑汁了吗？

2 b.
大家都知道的是：结婚四年，强行在一起睡了两年后，这人带着三个仆人，突袭了他的妻子及其情人，在他们睡觉的地方把他们杀了。

2 c.
因此，要想理解他为什么能在这件事后逃到他的一幢住所里藏了好几个月，就要认真考虑那个年代的习俗：人不会因为杀了人而被追捕，人也不会因为杀人罪而逃跑。他杀得都有点晚了，而且是晚了很多！但他是因为他妻子家、他妻子的情人家，是因为怕贵族世家复仇而逃跑的；因为世家人只有世家人才能杀。杀他妻子及其情人是他的权利，他也没有亲手杀，是让他的仆人们杀的，这点他也没有隐瞒。他不仅颠覆了这种贵族世家的规矩，还把他的第二个孩子，他认为并不是他生的那个孩子也让人杀了。

2 b.
这件事发生四年之后他会再婚，会到他妻子所在的城市，到那城市君王的王宫,到贵族老爷的豪华住宅里安居下来。城市的政治艰难期已经过去了,该做的大多数都已经做了,已经没什么意义了。但在这日薄西山之时,他用词语艺术和声音艺术在那城市里建起了城堡;城市的道路用厚厚的石墙极其协调地铺满了童话故事园,来自最遥远国度的研究者们就住在这座城市的小巷子里的小屋里工作,和邻近区域来的其他优秀艺术家们做邻居。在追求语言、词汇、声音的新的可能性、新的形式、新的搭配的这个时期,我们的这个人也会变得出类拔萃,成为最伟大的音乐大师。

3 a.

"重要的不是艺术家们的生活,而是他们所创作的作品。"我们很容易会这么说。

2 c.

音乐,和之前的许多时期里一样,在这个时期,人们也都知道它就在人的心里、脉搏里、走路当中、嗓子里、手里、脚下。这还是人群当中、工作当中、学者们的实验当中[1]比钟表的齿轮和发条更准确的一种节拍……

---

[1] 伽利略·伽利雷的一次重要实验。

3 a.

至少从某种角度来看这个问题的人，大多数都这么说。然而在说到某些艺术家的时候，在"他们所创作的作品"当中，有他们的生活，或者至少有这种生活的几个部分。

1 a.

上了年纪的人进入这种关系时身边都带些什么呢？丰富见识的教育性……想要什么东西、要实现他所想要的就必须付出努力的意识……"猫"要受教育；也得到了教育。在"猫"受教育之前所发生的一切，本就不是这种叙事的内容。重要的是教育：在她定型的时候，在她学习规矩、法则的时候，学会、能够学会成为自己。

多年后，有一天，"猫"厌烦了压力。这么多年愉快地接受这种压力是件好事儿，厌烦了她所说的压力也是件好事儿。这种情况下她就会不辞而别，或者，装作没有破坏这种关系而试图在这种关系中做自己想做的事情。起先她做了后者；彻底毁掉了她这么多年的付出，毁掉了有回报的付出。而后又不辞而别了。再后来又回来了，完全自立了。

这期间，两人都学会了什么要做、什么不要做，学会了什么能做、什么不能做。

许多大事，都和小事一样，每天用一块石头就砌好了；每天都残忍地破坏一块石头，一天天、一夜夜之后，死亡就被触动了；

大的死亡也好，小的死亡也好。

2 c.

之后的部分我们可以杜撰一部分。

2 b.

杰苏阿尔多[1]，会在入赘费拉拉宫十九年后死去。无论他是待在宫里，还是在众多豪华住宅、别墅中的一处、几处消磨时光，闭门不出，离群索居……他的孩子们也都命运不济：爱他的孩子也死了，对于母亲被害一事无法忘怀的孩子也死了。此外，一个女儿据说"沦为了妓女"。

2 c.

从某种程度上来说，他的第二场婚姻也可以说并不很成功。但生活中还可以找到一个细节：

2 b.

一直都有一个专门培养出来的仆人；这个仆人的职责，就是鞭打他的主人。要是看他的生平介绍，与他同时代相当有名的

---

1 意大利文艺复兴晚期杰出的作曲家。

另一个人[1],为了遮羞吗?(也许吧),说到鞭打这事时说的是拉丁语:一不挨鞭打,杰苏阿尔多,"*cacare non poterat*"[2]……

2 c.
因为年轻犯下的过错,这一辈子犯下的过错,人们没给过这人好脸。为了赎罪而让人——哪怕是让专门雇佣的一个仆人——鞭打自己,是让人心痛的事情。但如果说这有多么让人心痛,那么当了解到他不挨鞭打就拉不出屎的时候(当我们用现代心理医学的日常水准来看的时候),我们的关注度难道就不会减少许多吗?

1 a.
猎人对猎物应该有的尊重,长期以来被遗忘了。猎物会对猎人臣服或不臣服,但它会不尊重猎人吗?关系规则一开始就被破坏了;不尊重人的一只猎物,事实上它是在这种情况下把自己卸任为猎人而不是猎物了,我们就这么假设吧。关系就翻转过来了吗?我不这么认为。在我看来,一切关系就消失了。在大家面前,只有两个只想互相搏斗、互相碾压而不想其他事情的两个生灵。

---

[1] 指托马斯·康帕内拉Tommas Campanella(1568—1639),原名为乔万尼·多米尼哥·康帕内拉,意大利文艺复兴时期的空想社会主义者、哲学家、作家。

[2] 意为"他就拉不出来"。

这"猎物-猎人"关系,有史以来,成为童话故事——无论是封闭的还是开放的——永恒的话题之一。把自己当作猎人的人突然发现自己面前已经没有了猎物,自己所做的也远不像一个猎人了,这让我想了很多。

2 c.
挨鞭打在多大程度上影响了他的音乐?这点我不知道。有意思的是,吃了这么多苦还不够,还要雇人来折磨自己的这人(还雇过仆人杀人……)还给那些简简短短、轻松愉快、变化无常的文章谱写曲子,公平地保护每个音,避免音序变成一个循环,避免音序变成限制了音的自由的一个综合体,拒绝接受没有"走"——像是从不往后看,不愿意想起过往似的,没有"走掉"——的一切事物。

1 a.
从我记事起,东方式的叙事方式之一(箱套箱、框套框的叙事方式)就一直让我在思考,一直在引诱我。那里也是可以去行走的。但很多时候,也可以再转身回来……即使回不来,这种方式的魅力、趣味性也可以让读者得到满足。曾经有过假装回返却朝前迈进的人,也有过走得更远的人。但这种叙事方式,像是朝着最核心处的箱子、框子的。它会让读者抵达核心,即便寡淡无味,即便不能吃,它也可以打开通往下一棵树的道路,吃着果肉朝着能够抵达的核心……这些箱子、框子,哪怕只是丁点儿也好，可以使得文章摆脱其线性式的叙事。

2 c.

在杰苏阿尔多的心里，在他的生平当中，难道不曾有过秘密的一段——几段——爱情吗？他的痛苦之中难道就没有因不尊重爱情而带来的痛苦吗？

3 b.

作为对此的回应，我在某些地方看到了一段话，我觉得将其引来就足以回答了："Moi seul, je sais ce que j'aurais pu faire... Pour les autres, je ne suis tout au plus qu'un peut-etre."[1] 这难道不是要让我们牢记，想要在看的人和被看的人、爱的人和被爱的人、猎物和猎人之间建立起平等关系的各种欲望是多么的空洞、无用、贫瘠吗？我们还是想要平等，而平等，也许只有在相互之间不平等的现实当中才能建立起来……

1 a.

我们似乎对于我们在这个世界上的存在，对于这种存在的往下持续并不感到意外。童话故事，就是我在这种自在面前产生

---

[1] 司汤达："只有我知道我能做些什么。而别人，很多时候都只会认为'也许他可以做'，仅此而已。"

的意外感所带来的结果。病人和健康人之间,罪犯与无罪者之间,少数派与多数派之间总是会砌起一堵堵墙,这些墙也总是"他们"在砌;我们总是这么说完就不管了。是哪一方的人砌的这堵墙,这是个永不过时的问题;为什么砌墙,也是……但我们用这些墙划的某些框框又是用什么来保证它的持续性呢?

2 a.

绿眼睛猫与教育者之间,在尊重这一问题上什么时候建立起了平等?什么时候有了令人欣慰的由爱开始的牢固友谊?

正是因此我才感觉有必要影射一下那个非常古老的童话故事。在出自人手的作品的各个成分之间,保持一种平衡以达到完美的程度,这是自古以来一直就有的一种心愿,但我在那个童话故事中却察觉到了防止这种心愿的另外一种心愿:从定义来看,这种心愿就是要让人察觉到有一天有望能够打破创造者与被创造者之间存在的不平等……童话故事里的泥塑,即便是在受到创作者的喜欢的时候,即便是在勾走了创作者的心的时候,它还是一个泥塑,还是创作者所拥有的产物。雕塑家,即便在他希望他搓揉出来的作品活过来、能说话的时候,即使是在他看到他的愿望实现了的时候,他还是作品的主人。但之后呢?……超出其定义范围的作品已经不存在了。作品与创作者之间,至少外人可以察觉到的一种平等也许已经建立起来了。对于我们大多数人来说,要学会我们之前一直所说的幸福并不一定就意味着因践踏或者被践踏而感到愉悦，这有多难！
然而即使在我们得到了这样一种平等的时刻，在我们周围，在我们牢牢记住的东西里，一种动摇，一种漏洞……

4.

恐惧，是我们最易于掩盖起来的污点，是我们花最多精力隐藏的气味。

1 a.

童话故事，在按照人们习惯了的顺序

　　（事实上我们都谈不上已经习惯了我们每天都在不停重复的几种变化，以为会把一些基本情节——哪怕是粗枝大叶的——继续重复下去，似乎就可以让我们的生活轻松一点，除此之外，这种"习惯了的"没有任何根据）

在按照人们习惯了的顺序流逝的生活的

　　（别忘了，我们超乎寻常地信赖生活起伏流逝的意象）

在按照人们习惯了的顺序流逝的生活的某个地方，这种顺序，总是在习惯被撕裂之后出现在人们眼前。

当忘记了为什么而运用知识的人、很难
相信自己软弱无力的人、把爱变腐朽了
的人在撕裂这种习惯的时候，
恐惧，就在我们所砌的这些墙的两边。

1977

13

我们该怎么相互理解就可以这么相互理解；
但人只有跟自己才能说清楚自己。[1]

已经去世了的一位作家的游记谁也不会去写。我想和他分享一下我的回忆，他不能写的、没能讲给别人听的这些东西由我来写一下。

我们是几个月之前认识的，

我们提前了两天前往那座城市会面，

由于我们之间的关系经历过许多次考验，因此我们决定以游客的身份各自加入比赛的一方，互为对手，而这可笑的、所谓传统的、不知道有几百年历史的比赛，一半是从过往历史中挖掘出来抖落了灰尘的，一半是杜撰出来的

我要是写了这些的话，

我想，我就不能把他，或者把我们之间的关系，

按其应有的方式重现出来，按内心真实的想法介绍出来了。

我们有想说却不敢说出来的东西，也有准备说

却因为我们的顾虑

而变成了无法理解、无法辨认的思想情感。我们想什么也不说却能彼此理解，我们期待彼此在沉默中理解对方。

---

[1] 赫尔曼·黑塞，《德米安》。

从他的视角来讲我所知道的东西，我在多大程度上获得了成功？我在多大程度上用他的话、按他的习惯把现实，把我们记忆中的现实反映到了文字当中？

高个子、褐头发的，就是他。我真的是个搞历史的。坐在俯瞰那荒原城市的宽大的窗户跟前写作的时候，躺在左侧的床上睡觉的时候，或者坐在桌子和床之间背对窗户的沙发上看书的时候，我编造了后续部分。

在那里，和他一起死去的秋天，在这儿还没有过去，似乎离冬天很近了。但像铁一样颜色的大海却一直在我眼前不走。

当我们走出花园的时候，城市队因他而战败，有人因愤怒而袭击了他，要是我能挡在他面前的话，他也就不会倒在那辆车下，就不会死了；这样一来我也不会死了。

在城市的墓地，往他身上堆土的时候，越过低矮的墙朝那铁一样颜色的大海看去的时候，我问自己："我是我们当中的哪一个，被埋的又是哪一个？"至今我还没找到这一问题的答案。

他在我怀里咽了气。现在，没有他，活着又有什么用呢？

1972[1]

---

[1] 我想对弗雷德里克·W·斯塔尔克表示感谢。1969年，我请他本人设计一场比赛用于童话故事的结构组织。两个星期后他就给我了。两年后我把比赛部分又返还给了他。我当时并不会下棋，现在也仍然不会。一年过去了，我又请他本人把比赛的最后几步改写一下以便使它更符合童话故事的新的形式。他不吝给予了帮助。